U0458889

日本轻文库

〔日〕有川浩 著

元元 译

打工族买屋记

フリーター、家を買う。

人民文学出版社
PEOPLE'S LITERATURE PUBLISHING HOUSE

著作权合同登记号　图字 01-2018-8945

FREETER IEWOKAU
Copyright © HIRO ARIKAWA 2012
Chinese translation rights in simplified characters arranged with GENTOSHA INC.
through Japan UNI Agency, Inc., Tokyo and BARDON-Chinese Media Agency，Taipei

图书在版编目(CIP)数据

打工族买屋记/(日) 有川浩著;元元译.—北京：
人民文学出版社,2020
（日本轻文库）
ISBN 978-7-02-014993-3

Ⅰ.①打⋯　Ⅱ.①有⋯ ②元⋯　Ⅲ.①长篇小说-日
本-现代　Ⅳ.①I313.45

中国版本图书馆 CIP 数据核字(2019)第 019069 号

责任编辑　甘　慧　周　洁
装帧设计　李　佳

出版发行　人民文学出版社
社　　　址　北京市朝内大街 166 号
邮政编码　100705
网　　　址　http://www.rw-cn.com

印　　　刷　上海盛通时代印刷有限公司
经　　　销　全国新华书店等

开　　　本　890 毫米×1240 毫米　1/32
印　　　张　9.5
字　　　数　192 千字
版　　　次　2020 年 8 月北京第 1 版
印　　　次　2020 年 8 月第 1 次印刷

书　　　号　978-7-02-014993-3
定　　　价　49.00 元

如有印装质量问题,请与本社图书销售中心调换。电话:010 - 65233595

目 录／

第一章

待业青年，站起来

　　自己究竟是从什么时候起一步步地堕落到眼前境地的，武诚治早已完全不记得了。

　　从一所马马虎虎的高中毕了业，又复读了一年，他总算考进一所马马虎虎的私立大学。大学毕业后，又进了一家马马虎虎的公司，然后就被公司送来参加这个说不清是"励志"还是"修行"的新员工培训。

　　一个所谓的"培训导师"，手里握着把竹刀，脑门上缠着白头巾，不停地高喊着一些特别肉麻的"励志格言"。而接受培训的新人们，则必须跟着导师一起大呼小叫。倘若嗓门不够大，或者立正的姿势不够端正，又或者干脆有什么地方让导师看不顺眼，导师手里那把竹刀立马就会劈头盖脸地抽下来，还伴以高声的叱骂。

　　"都给我听好了！这不是体罚！不是因为我恨你们或者讨厌你们！这是恨铁不成钢的鞭策！明白吗？"

　　简直是有病。一旁围观的群众自不必说，就连那位挨揍的主儿听了他这话，都忍不住憋笑憋到内伤。

　　当晚，一众同期的兄弟在宿舍里聊天时，禁不住牢骚满腹地大发感慨："这种培训简直就是演员培训班啊，一本正经地装孙子，上个班太不容易了!"

也亏得大家同仇敌忾,相互打气,为期一周的培训总算快熬到头了。

培训的最后一天,导师先是带领他们大唱了一通公司的"社歌",之后便开始了最后的训话:"从今天起,你们就是即将飞离鸟巢的鸟儿!展翅高飞吧,年轻人!你们一定要继续努力,成为社会上优秀的一分子!"

他这番声嘶力竭的煽情还真感染了不少人。那些人就跟被洗了脑似的,争先恐后地跟着导师狂喊乱叫:"努力!奋斗!成为优秀的社会人!……"还有一些戏精则其志可嘉地作低头不语状,一副暗下决心的样子,十分配合。

真扫兴。

大概是瞅见诚治脸上不自觉流露出不屑一顾的神情,站在他身边的某人碰了碰他:"忍着点吧,哥们儿!这出猴子戏好歹今天就能收场了,能被洗脑的都给洗得差不多了,以后准能为公司上刀山下火海。咱这样的,以后就慢慢混吧!"

当时,他对那哥们儿的这番牢骚倒也颇为赞同。不过,一回到公司,心中那股汹涌澎湃的失落感却挥之不散。

员工培训的结果公布,那些跟打了鸡血似的被洗脑的家伙统统得了个"表现积极"的评价,令他们的顶头上司大为满意。戏精派的小人们则大多善于钻营,纷纷挤进那些"劳心不劳力"的好部门高就去了。

诚治不知自己究竟属于哪一类人。他不知道公司凭什么给员工打上了各式各样的标签，也不确定实心眼和戏精哪一派将来更有前途。

就是因为一直纠结于该给公司留下什么样的印象，诚治在经过公司苦心培训后，既没能鼓起干劲，也没能跻身于"优秀分子"的行列。过了三个月，他才听说自己得到的评价居然是"工作不得要领"。

更叫他窝火的是，公司对他评价不高的原因居然是——"态度傲慢，自尊心过剩"！

这家公司不适合我。我的职业生涯不该打这儿起步。要不是当初选错了公司，要不是当初选了这么家连培训都令人瞠目的破公司，我肯定能得到公正的评价——虽然说，他面试的几十家公司里，录用他的也只有现在这家公司，而且还是按他开出的条件录用的。那又怎么样？

算了！管他呢！诚治没跟家里商量，就毅然决然地交了辞职信。

得知他辞职的消息，老爸武诚一顿时勃然大怒。父子俩每天晚上都吵得惊天动地，让母亲寿美子在一旁脸色苍白、手足无措。

"你知道现在找份正式工作有多费劲吗？"

"烦不烦啊！我有什么不知道的？再找一份不就完了吗？我自己有打算！"

嘴上这么说，不过他还真没仔细考虑过再找工作的事。无论如何，眼下先过过嘴瘾也好，反正不能光挨骂不还嘴。

事实上，对于刚被录用三个月就辞职的诚治来说，再就业的形势还真的是非常严峻。

后来再去别的公司面试，每次都会被对方问到之前的辞职原因，他的回答也不大讲究。

"新员工培训搞得跟修行似的！最后还要跟导师一块儿扯着嗓子唱社歌。反正就是家很另类的公司，我适应不了他们那种企业文化。"

面试官们听他绘声绘色地讲起那次培训的经历，总会忍不住跟着他放声大笑，后面的谈话也就变得十分轻松愉快。诚治于是自认为面试效果还不错，便放心地回了家。结果，过了两个礼拜，他却收到了一堆被退回来的简历。

起初，他期望的工资标准是每月二十万日元左右。之后，期待值便开始慢慢地降低，觉得十八万也行，甚至十五万也不是不可以考虑。

他开始有点后悔，暗自忖度当初的辞职真是有点太冒失了。本以为偌大的东京，找到份适合自己的工作应该不是难事吧，可是回头再看自己的条件：二流大学毕业，除了驾照外没有任何专业资格证书——于是才开始明白，自己想找份好工作并不容易。

辞职的时候他还满不在乎，心想大不了就是后退三个月重新起步呗。现在回想起来，其实上次找工作是从大三开学时就已经着手准备了的。

这么说，自己这次是一下倒退了两年零三个月！

意识到这一点，诚治的大脑瞬间一片空白。可是，即便如此，就应该死乞白赖地待在原来那家公司里，顶着个"后进分子"的标签在同期战友们当中丢人现眼吗？不行，打死他都咽不下这口气。

他的"再就业工程"已经持续了三个月。某一天，母亲寿美子一边整理着那些被退回来的简历，一边小心翼翼地开了口："诚治，工作找得不顺利的话，能不能让你爸帮你托托人啊？"

妈也开始催了！准是老头子教唆的。

诚治一把抢过母亲手中装着简历的信封，一边暴怒地叫嚷起来："别烦我！我不用靠他也能混口饭吃，不会给你们添麻烦的，拜托你们就少操点心吧！"

一瞬间，母亲寿美子站立的身影似乎哆嗦了一下，显出些摇摇欲坠的样子。但诚治压根儿没顾得上再看她一眼。

"连伙食费都不往家里交的废物，你还狂什么啊？"老头子一针见血，直接拍到了他的死穴上。

诚治不得不利用面试的间隙打点零工。他也意识到自己的积蓄已所剩无几，必须找机会给自己赚点零用钱。虽然母亲偶尔会背着老头子时不时地偷偷塞点钱给他，可那点钱又怎么够他买东西和出去玩要呢？

有面试的日子，他倒是可以光明正大地跟家里伸手要钱。毕竟，连士兵上战场之前都需要补充点给养、弹药什么的吧。面试完剩下的钱，自然而然也就归他了。当然，母亲如果问他，他肯定会老老实实地还给她，但母亲一次也没问起过。

母亲寿美子最大的心愿，就是一家三口能围坐在饭桌旁，安安生生地吃顿晚饭。可惜呀，晚饭百分之百会沦为诚一长篇大论教训儿子的时间。诚治最怕老爸的说教，所以专找要上夜班的地方打工，以便躲开晚饭时间。

我往家里交饭钱就是了，看老头子还有什么话说！

而他自己的生活，也就慢慢变得黑白颠倒了。

跟正式的工作相比，打零工的日子实在是太爽了！只要有什么不顺心的地方——对不起，爷不伺候了！反正打零工的活儿到处都是。

"哎，我说小武啊，"值夜班的便利店店长一脸不满意地瞪着他，"递东西给顾客的时候别总低着头，一声不吭的。说声'谢谢光临'什么的你还不会啊？再有，说话的时候别总是拖音拉嗓的……"

唉，这家便利店也开始变得烦人了。

"知——道——啦，"说着，诚治一把扯下身上的围裙，迎着满脸惊诧的店长的目光走出柜台，"我不干了。按规定围裙是要洗干净了还回来是吧？"

"等等！小武，你突然不干了叫我也很难办啊！"

"那可跟我没关系。反正我是不想干了。对不住，回见！"他瞥眼瞧瞧那个还在啰啰唆唆的店长，走进更衣室披上外套就出了店门。

回到家，见大门口的灯还亮着。无论有没有睡下，母亲寿美子总会给儿子留一盏灯。

诚治掏出钥匙进了门，还没有睡的寿美子赶忙迎了出来。"今天回来得这么早啊？"

晃晃悠悠，颤颤巍巍。母亲这副弱不禁风的样子，让诚治脑中滑过些模糊的念头。

"嗯，今天把那工作辞了。我打算先在家休息一个月。"

见母亲似乎皱了皱眉，诚治像是为自己辩解似的赶忙又说："我这段日子也存了些钱，伙食费会照常交给您的。"

"找工作的事呢？"

"有条件好的地方还会去面试。哦，对了，明天开始晚饭我在楼上吃。"

不知从什么时候开始，诚治已经养成了习惯。因为实在不想在楼下饭桌上对着老头子那张脸，不出去打工的时候，晚饭他都是在二楼自己的房间里解决。自打辞掉工作以来，他已经有快一年没怎么跟父亲诚一面对面说过话了。

主要是他看不惯老头子的嘴脸。一边长篇大论地教训别人，一边狂喝滥饮。酷爱杯中之物的诚一酒品太差，不是喜欢强逼不喝酒的人

"喝两口"，就是边唠唠叨叨边往自己喉咙里猛灌一气。刚开始喝的时候还算得上正常，喝着喝着就开始借酒撒疯、洋洋自得，满嘴都是"教训你两句怎么了""咱也不是老顽固""我还不知道你那点小心思？老子当年也年轻过"之类的胡言乱语。

这么酒后无德、跟平时判若两人的父亲，诚治才懒得搭理他呢。明明自己每次都喝得烂醉如泥，怎么还有脸去教训别人呢？酗酒是诚一最大的缺点，也成了诚治用来鄙视父亲的最佳借口。

自己心爱的漫画和游戏，还有电脑。充满自己气味的床铺。那间只有六叠①大的小房间，才是诚治悠然自得的城堡。

最近他也没怎么把找工作的事放在心上，偶尔出去打份零工，好像也只是为了能在这座小城堡里逍遥而积攒经费才愿意做的。

偶尔，诚治心头也会突然掠过一丝危机感：这样下去可怎么得了？

但随即他又会安慰自己：今年不是才二十四嘛，过了生日也不过二十五，还小还小，没关系。哪天动真格的想找工作了，肯定能找到好工作的。

打零工攒了点小钱之后，刚辞职那会儿的焦虑感更是烟消云散。

有一天，大概距离辞了便利店的工作也有一周的时间了吧，诚治

---

① 叠，一块榻榻米，约 1.53 平方米。

在早饭时听见有人敲他的房门。如果是母亲的话，她可是很久没这么干脆利落地敲门了。诚治有些诧异，但他游戏打得正高兴，懒得去开门，只是喊了句"早饭放门边就行了"，算是回应。

反正他这样也不是头一回了。只听见母亲的脚步声果然朝楼下走去，中途停了停，又朝着楼上走来，然后是在走廊放下托盘的声响，接着脚步声又下楼去了。

诚治继续全神贯注地打游戏，把吃饭的事抛在了脑后。总算又打通了一关之后，才想到起身去拿饭。打开房门，他一看那早饭便不由嚷了起来："妈，您什么意思啊？"只见托盘上放着的是一碗方便面，面条在热水里已经泡得能有多粗就有多粗了。

难不成是身体不舒服没做早饭？吃方便面倒也无所谓，可是好歹也提醒他一声吧。他很不爽地吸溜着这份难吃的早餐。

吃完饭，他又接着埋头打游戏。快到中午的时候，又有人敲房门。

刚巧又遇到差点就要通关的当口，他只好像早上一样喊了一嗓子："把饭放门外吧！"

脚步声又下楼了。过了一会儿，在喧闹的游戏音乐声中，他听见母亲放下托盘的声音。

热饭的吸引力当然是远远比不上游戏啦，他又玩了一个多钟头，打过了一关后赶紧按下保存键，才朝门口走去。

然后，他看见，托盘上放着一碗要有多冷就有多冷的方便炒面。

"老妈这是搞什么鬼，真是越来越过分了！"

放冷了的炒面已经凝固成纸杯形状的一坨，诚治好不容易才把它扒拉开，吸溜着吃掉。

到了吃晚饭的时候，他开始觉得事情不大对劲。

这次索性连敲门声都省了，他只听见托盘被放在地上的声音，然后脚步声径直走开了。

听到那脚步声已经完全下了楼，他赶忙打开房门。

果然，又是一碗热气腾腾的泡面。

诚治的血一下子涌上脑门。老妈到底是什么意思？是存心要恶心他吗？

平日里性格温和、对自己疼爱有加的母亲做出此种举动，让诚治尤其觉得难以忍受的羞辱。

"喂，有什么不满意直接说啊，从早上就给我吃这个是什么意思？"

他一边愤怒地嚷嚷着，一边顺着楼梯跑下楼去，却在中途惊讶地停下了脚步。

父亲诚一还没有下班。坐在饭桌旁恭候他的，是比老头子还难对付、他从小到大就没斗赢过的姐姐亚矢子。

自打她三年前嫁到名古屋去以后，姐弟俩顶多也就是在她每年回娘家探亲时见见面而已，诚治对老姐的畏惧感也逐渐冲淡了很多。他刚定了定神，便听老姐说道："你小子越来越牛了啊，还敢对妈'喂喂喂'的。"

亚矢子的嘴皮子一如既往地犀利，而且战斗力好像还更强了。

"连着吃了三顿泡面，都想不起来看看老妈吗？气急败坏了才跑出来发脾气，尊驾的身份可真够贵重的！你就没想到老妈病得连饭都做不了吗？"

"嗯，那什么……姐你怎么回来了？医院那边请假了吗？"

"我的工作轮不到你操心！我是该工作的时候好好工作，该休息的时候好好休息，跟天天被老头子磨破嘴皮唠叨还能坚持满世界晃悠着打零工的诚治大人您当然是不一样喽！"

嫁给名古屋开业医生家长子的老姐，因为手握好几种专业医疗资格证书，对婆家经营的医院颇有贡献，所以好像也很得婆家的欢心。

"嗯，你说谁晃晃悠悠的？我正老老实实地找工作呢。"

"找工作？听咱妈说，你最近开始犯懒了吧？打零工挣点小钱就装模作样地号称去找工作，没钱花了又去打零工凑合，一边在老头子面前嘴硬，一边在家啃老啃得高兴。你这待业生活过得还真滋润啊！"

打嘴仗看来没有赢的可能。自己绝对不是毒舌亚矢子的对手。毕竟，一个脾气那么冲的人，到了婆家还能靠自己的能力让对方高看一眼，就足以证明亚矢子绝非等闲之辈。这么一个凶巴巴的女人，姐夫到底看上她哪儿了啊？诚治真是百思不得其解。

"随便你怎么说吧。对了，你怎么突然跑回来了？"

"我们家虽说是私人医院，总算也有点规模，而且也有外聘的精神科大夫。少奶奶的妈生病了再不让回去探亲，传出去名声也不太好吧？"

亚矢子说话总是夹枪带棒，可惜现在诚治的战斗指数完全为零，压根儿没有还嘴的打算。

"不过，老妈她……"

亚矢子的视线朝一片漆黑的客厅里斜了斜。顺着她的目光，诚治瞧见母亲寿美子直挺挺地坐在沙发上，身体前后不停摇晃着，一边还不停搓着手。

很明显，母亲出了什么状况。她一边摇晃，嘴里还一边嘟嘟囔囔地说着些什么。细听她嘟囔的内容，更叫人毛骨悚然。

"对不起，对不起，对不起啊，早就该死了还赖着活到今天，真对不起大家，早点死了就不会给爸爸、诚治和亚矢子添麻烦了……该死不死的，真对不起啊……"

她的声音很细微，而且中间几乎没有什么停顿，始终在反反复复地嘟囔着这几句话。

亚矢子从椅子上站起身来，蹲在母亲面前，与刚才的泼辣劲判若两人，轻声地安慰着母亲："妈，您可不能死，您要死了我该多难过呀？所以，千万不准死哦，妈妈跟亚矢子约好了，一定不能死哦……"

说着，她拉过母亲一直在互相揉搓的双手，带点强迫性地跟她拉钩："妈，咱们拉过钩了哦，不许说话不算话啊。再想到死的时候，妈，您一定要想想您的女儿啊……"

诚治直勾勾地看着面前的情形，见亚矢子给妈披上件毛衣，又转过身来。

他刚嗫嚅地问了句："老妈，她是从什么时候开始……"便见亚矢子的目光杀气腾腾地落到自己身上。

"你还有脸问我？臭老头在家一贯是油瓶倒了不知道扶，那你又是干吗吃的？我还有话要问你，给我滚楼上去！"

说罢，她又对母亲说："妈，我跟诚治上楼说点事，您要有事的话随时叫我啊。要不要热闹点？我给您打开电视机吧？"

她刚伸手拿起电视遥控器，寿美子便尖利地叫喊起来："别开电视——快把灯也关上——人家都会看见的，被人家看见可了不得！"

有生以来第一次，诚治在姐姐的侧脸上看到了泫然欲泣的表情。只听她对母亲说："好好好，那就不开了，我再帮您把屋里弄暗些……"

随后，姐弟俩一起上了二楼，走进原先亚矢子的房间。

女儿出嫁后，寿美子特地把这间屋子收拾出来，当作女儿回娘家时住的客房。其实一楼也有一间客房，考虑到姐夫跟岳父岳母同住一层可能会觉得拘束，寿美子就欢欢喜喜地把女儿原来的房间直接改造成小夫妻回门时的住处了。不仅如此，每当老姐一家回来探亲，诚治就被轰到一楼空着的客房去住。而说起来，姐姐上次回娘家已经是三年前的事了。

"你就一点都没觉察到吗？"姐弟俩的谈话从亚矢子的审问开始。

"嗯，那什么……"这种当口，说错话大概会被老姐直接干掉吧，诚治于是拼命地回忆着老妈最近的举止，"好像站着的时候总有点摇摇晃晃的。早上看见泡面的时候，我也想过，她是不是不舒服什么的……后来连着三顿都是泡面，我还以为她是故意的……"

"泡面都是我端给你的，就是想看看你什么时候能想起来关心关心咱妈。谁知你竟然跟个大少爷似的，一开口就是'喂喂喂'的，把你给能耐的！"亚矢子叹了口气，眉间浮现出丝丝皱纹，"臭老头也罢，你这个儿子也罢，咱家的男人没一个能靠得住的。我总算明白，为什么妈只能来找我了。"

"妈找过你？"

"至少是有点征兆的时候跟我说过一回，得有三个多月了吧……"

宁可打电话给远嫁他乡的女儿，也不向身边一起生活的老公和儿子求助，诚治心里像被针刺了似的难受。这种刺痛，他一辈子也忘不了。

"妈最近时常给我们家打些奇怪的电话。"

"奇怪?"

"嗯,说是给我们添麻烦了,想让我们回东京来住一阵子什么的,完全听不明白。一开始,我还担心她是不是让骗子给骗了,或者惹上什么坏人之类的,吓了一跳。可后来又一想,如果真有这么大的事,她不可能不跟爸……呃,不跟臭老头商量吧?"

不知什么时候起,亚矢子打定主意管诚一叫"臭老头"了。

在自己这段悠游自在地(这种形容只能诚治自己说,别人讲的话他反而难以接受)打零工的日子里,家里究竟发生了什么事?

说到这里,亚矢子的话头便如滔滔江水再也挡不住了。

"我又给臭老头打电话,问他知不知道妈出了什么事。结果他说'没听她提起过啊'。又问他妈妈最近的情形怎么样,他也完全说不出个所以然。反正就是,自打咱家搬到这里来之后,老妈好像就遇到了什么难事,就因为这件难事,她总是担心咱家人会遭遇不测之类的。

"后来我就在电话里跟妈说,要是担心什么骗子啊犯罪分子的话,就让臭老头接电话,我直接问他。她总是说,她自己会跟他说的,死活都不肯把电话给臭老头。她还向我保证,当天晚上就跟臭老头谈谈,所以我也就没再催促,说好第二天早上再联系。你也知道,好歹我也是嫁到别人家的媳妇,娘家的事也不能讲得太多。

"结果第二天通电话的时候,妈又跟我说,她好好想了想,是自己搞错了,让我别担心……之类的,态度跟前一天完全不一样,我刚想松口气吧,突然发现家里的座机上有五十多个未接来电,全是妈白天打的。可是你们都知道我白天得在医院上班，家里根本就不可能有人接电话呀！"

"那些电话都说了些什……什么……"

"好多次都是不出声就挂了，有几次还单独叫着我的名字问：'亚矢子你没事吧……'我说反正我们这边也是医院，那就过来看看吧，我老公的专业虽然不一定对口，但好歹也是个大夫嘛。

"我担心得要死，因为她得的那种病，搞不好还很棘手呢。

"后来我问了一下你姐夫，他虽然不是精神科的大夫，也没能当面给妈做诊断，他的看法也不一定全部都对吧，可他说看起来情况是蛮复杂的。老妈现在的情形，好像总是担心'被什么人跟踪''全家都被人盯上了'之类的，天天都沉浸在幻觉和恐惧里……

"所以我赶紧又给臭老头打了个电话，跟他说了说咱妈的情况，很可能是抑郁症、急躁性忧郁症、妄想症、广泛性焦虑症的其中一种，总之肯定是精神类疾病，让他赶紧带老妈去医院看看。结果，他对我说：'不可能的，否则你妈早就离家出走了！'还说老妈的压力就是因为现在住的这座房子什么的，最后居然还笑起来了，说那些精神类疾病什么的都是心理脆弱的人给自己找的借口！

"我告诉他，你姐夫已经说了，这就是病，根本不是他瞎说的那么简单，可他死活听不进去，又说老妈每天都能照常做家务，还出去买东西，根本不可能有病。偶尔有点郁闷情绪，不过是因为她心理承受能力太差罢了。这样心理脆弱的人，不管搬家搬到哪里都一样，去医院也没用。最后还说，我都是人家的儿媳妇了，回头让妈别老给我添麻烦，还让我也别操那么多心！"

"这些事，我怎么一点也不知道……"

"当然了，听说你自打辞职后就不跟家里人打照面了！我跟你说，妈得上这种病，你是绝对脱不了干系的！还用我说吗？妈天天除了在这个家里待着，就没什么别的地方好去。跟你们这对根本不能碰面的父子生活在同一屋檐下一年多，再加上以前心里积累的压力和心事，你想想，妈活得有多辛苦？假如她心情不好的时候一家三口能安安稳稳坐下来吃顿饭，对她该是多大的安慰？结果倒好，你就知道拿打工当借口，天天往外跑，家里就跟住着两个陌生人似的！"

"这也赖我？"

"明明是同住在一个屋檐下，妈都病成那样了，你却一点都没觉察，你还有什么好狡辩的？告诉你，你是没看见咱妈当时的那个样子，孤苦伶仃、无依无靠的……"

"呃，好了好了，我知道了……"

"我今天特地跑回家，都是因为臭老头昨天又给我打电话，说每天他一回家，老妈就跟在他屁股后面不停地念叨'今天又没死，真是对不起'什么的，还边说边哭，臭老头也不知道该怎么办才好了。

"你说他这不是找骂吗？先前还神气活现地说，没事没事，告诉妈别再给我添麻烦了之类的屁话，到头来，出了事解决不了，除了给我打电话就没别的本事了！

"我早就提醒过他，应该尽快带老妈去医院看病，免得情况越来越糟糕。那都是什么时候的事了，三个月以前吧，结果他根本不听！这个该死的臭老头，可恶可恶可恶！

"因为当时你姐夫在旁边，我也不好在电话里骂他，可是拿着话筒的手都气得直哆嗦，还得装乖跟他说：'爸，你得跟妈拉个钩，告诉她她不能死。你觉得可笑是吧？可是这个你看来可笑的办法对我妈来说就是最后一根救命稻草！精神病人一旦说出想死的话来，他们就真的想要死！明天我回去一趟，一找好医院我就赶回去。'

"放下电话我都快气炸了，那时候手边要是有什么东西的话，我管它是梅森瓷①，还是立吉瓷②，一巴掌肯定能拍烂十个八个的！"

"呃，老姐……"诚治诚惶诚恐地看着倒完一肚子苦水、大喘粗气的亚矢子，"你刚才老是提到的压力……究竟是怎么回事？"

"什么？你还不知道啊？"亚矢子狠狠地拍打着地板，"咱们现在住的这座房子，就是老妈的压力源！从搬过来到现在都快二十年了吧，左邻右舍的人一直都在欺负她、排挤她！"

"怎么可能？"

这也太令人难以置信了。

刚搬过来的时候，诚治虽然还在上幼儿园，但对当时的情形多少

———————

① 梅森瓷（Meissen），欧洲第一名瓷，全世界公认的最佳瓷器之一，被称作"瓷器界的劳斯莱斯"。
② 立吉瓷，产于京都百年老铺的瓷器，以高级日式餐具为主。

也有点记忆。

小时候的诚治完全不认生，左邻右舍的阿姨大婶们都很喜欢逗他玩。邻居间见了面，彼此也都主动打招呼——这些人会欺负母亲？

"你还真不是一般的迟钝！就连你和我，也经常被那些阿姨大婶的小孩欺负，难不成你一点都不记得了吗？幼儿园小朋友帮社区搞卫生的时候，不是最后都会发些点心和果汁什么的嘛，每次发到了咱俩这儿，不总是只剩下果汁没有点心了吗？"

"那不就是点心没买够嘛……"

"傻吧你，每次都是这样啊，每次！根本就是那些大人故意安排的，从一开始就没打算给咱俩点心，知道吗？他们连幼儿园的小朋友都不肯放过！"

诚治也记起来了。有一次，社区组织大人带小朋友们出去野营。到了露营地点，小朋友们单独进山去玩的时候，亚矢子和诚治走丢了。

"那都是他们故意使坏！你那时候年纪最小，走路慢，老是跟不上队伍，我就恳求带队的大孩子等等我们，说了好几遍，他们没一个人肯听。结果呢，咱俩在树林子里越走越深，越走越远，最后彻底走丢了。"

在没有灯光的山里，黄昏似乎比城市里短暂许多，夜幕很快就要降临了，诚治又累又困，想要撒娇耍赖不肯走，姐姐亚矢子却使劲拉着他，不停步地往前走。

渐渐降临的夜色让诚治觉得特别可怕，虽然边走边抽抽嗒嗒地哭个没完，却再也不敢说要休息了。他的脚又疼又累，可是山间的夜似乎更可怕。

也许是亚矢子的坚持感动了老天爷，最后，他俩终于在天完全黑下来之前找回了露营地，诚治一到家就立刻放声大哭，而大人们则笑着朝他们围拢过来。

"怎么了？在山里迷路了？叔叔们正打算去找你们呢，结果你们自己平平安安地回来了，真是太好了！"

诚治毫不客气地趴进身边阿姨的怀里抽泣起来，那位阿姨也一边抚摸着他的背，一边不停地安慰他。亚矢子却依旧是一脸冷漠的神态，对围拢过来的阿姨们没有任何表示。

她从小就是个机灵孩子，早就看透了那些大人的把戏。如果真打算去寻找他们的话，为什么都快天黑了还不动身？而且，那些大孩子把姐弟二人丢在山里，肯定是出于他们父母的授意。因为万一姐弟俩没能自己找到回来的路，大人们肯定会去报警。事情一闹大，姐弟俩的父母自然就会因看护不力而遭到批评和责难。

时隔多年，想到仍浑然无知的自己，诚治不由得恼恨自己的智商堪忧。

"类似的事情还有很多啦，"亚矢子今天显然打算把经年累积的旧恨一吐为快，"咱家旁边空地上有次发生火灾的事你还记得吧？就是后来在火堆里发现了你过生日时别人送的变形金刚的那次？"

"哦，那个变形金刚是让我给弄丢了……"

"笨蛋！弄丢了怎么又会出现在火堆里？都是那些跟着大人有样学样的臭小鬼干的好事！你自己什么事都不放在心上，呆头呆脑，让人家卖了还会帮别人数钱！那帮小鬼是趁你没注意把新玩具给拿跑了，或者就是偷走了。这还不算，没想到后来给烧了，还搞出了火灾！事情闹得那么大，把他们自己也吓得够呛！"

诚治的脑海里浮现出变形金刚华丽的背翼在火中融化扭曲的情景。后来它怎么又出现了呢？

"火灾过后的第二天，是他们把变形金钢扔到咱家院子里的。因为你那时经常要去补习班，所以警察调查现场的时候，他们就跟警察说那是你的玩具。要不是因为你有这个不在场证明，警察肯定会怀疑是你玩火才引发的火灾！"

经过老姐的一番举证，诚治恍然大悟。迄今为止，自己一直生活在其中、貌似平淡无奇的社区，竟是个恶意萦绕的可怕之地。

就连以前他家养过的小猫也在劫难逃。它回到家的时候，不是浑身被涂满机油，就是身上的皮毛被人扯掉。当时父母还以为是年幼的诚治干的好事，只好带猫咪去看兽医。谁知后来情况越发恶劣，小猫背上的皮毛居然被人用剪刀或刀片割得血肉模糊……

即便如此，诚治仍不愿相信，自己周围的邻里会恶毒到如此程度。他咽了口唾沫："可是，住在咱家后面的西本太太还给过我好多巧克力吃呢。"

"哼，就是那几块过了保质期一年多的干巴巴的巧克力吧？"

"什么？过期的？"

"可不是嘛，都裂了，表面全是发白的东西。我就知道那个臭老太婆绝对不会平白无故地给咱们好东西吃，本打算假装客气下，回家拿给妈看看再说，谁知道您老人家当场就拆开包装大嚼开了，惹得他们四处造谣，说武家的妈妈不给小孩吃点心，害得孩子连过期了的东西都吃得津津有味，气得妈在家哭了半天！"

"可是……可是他们为什么要这么针对咱们啊？"

"我知道的原因有两个。一是因为咱家住的这座房子，是臭老头的公司买下来后分给我们家住的员工宿舍。你看看人家这个小区，明明是按面向白领阶层的高级住宅区规划的，住户大多是自家购买商品房，都在拼命地节衣缩食还房贷。唯独咱们家，因为是公司的宿舍，房租便宜得简直没天理——现如今在整个大东京圈，像咱家这个地段、这个面积的房子，月租只要三万日元！真是打着灯笼也没处找啊！虽然说吧，这房子其实是开发商没卖掉的尾房，为了抵债便宜卖给臭老头的公司当宿舍了，可是在邻居看来，同样的房子，自己去租的话市价至少要十万日元一个月，有的人却只花三万就住上了，心里当然不爽啦！"

"话是这么说，可是这些事咱自己不说谁又会知道？"

"那不就是第二个原因吗？就是咱家那个臭老头呗，你也知道他发起酒疯来是什么德行！"

在公司被公认为"会计鬼才"的父亲诚一，始终摆脱不了酗酒的恶习。连已经故去的祖父都曾断言："这小子将来肯定会栽在酒上！"

"咱家刚搬来的时候，邻居邀请他去参加小区联谊会。他在那儿喝多了，就把家里的事没遮没拦地抖搂了个干净。本来嘛，你要是跟别人说，房子虽然是公司分配的宿舍，可是房租一点不便宜啊什么的，让那些买了房子的人心理平衡点，保准什么事都没有！结果，他不但把真实的房租都告诉了别人，还不停地发牢骚，挑毛病说房子不好——世上哪有这样得了便宜还卖乖的混蛋啊？到最后，他醉得自己都站不起来，还要别人扶着送他回家。到家的时候，他居然又认错了家门，醉醺醺地闯到旁人的家里去，害得人家报了警，闹出一大堆事情。换了你，隔壁有个交着便宜房租还不满意、酒后乱撒疯的邻居，你能不讨厌吗？打从咱家搬来的第一天，他就把左邻右舍全都得罪了！更离谱的是，酒醒了以后，他根本不记得自己那副丑态，居然还有脸一本正经地跟我说'我跟你妈不一样，她有社交恐惧症，我可是善于社交的正常人，在哪里都能过正常的生活，她就不行了。所以，不管搬家搬到哪里去，对她来说都一样'之类的屁话！"

从来未曾了解的内幕扑面而来，诚治不由得攥紧了放在膝盖上的拳头。

"这个死老头……我有时候真想揍他一顿！以前光知道他酒品差，今天你说了这些事，我才知道他人品更差！"

成天就知道一本正经地教训我，看看他自己都干了些什么好事！刚搬到一个新地方就在所有邻居面前丢人现眼，害得老妈无处容身。

"可不是嘛，妈和我们受欺负都是那个臭老头害的。他自己反而一转脸就把自己撇得干干净净，好像咱们全家就只有他一个正经人似的。妈在这儿受了那么多委屈，可他还是舍不得这里的便宜房租，根本没打算搬家。而且，你知道吗，这房子虽然房租便宜，可是房屋修缮都是要住户自费承担的。臭老头天天只顾自己花钱享受，却连刷个屋顶的钱都不舍得掏！邻居背后都在抱怨，说什么咱家的房子太破了，影响小区的整体形象，应该把咱家撵出去之类的。可他一点都没有自知之明，还成天得意扬扬的，这是什么善于社交啊！"

"我怎么从来不知道还有这些事情呢……"

诚治的潜台词是，为什么没有人告诉我这些事？为什么没有人告诉我，母亲多年来生活得如此委屈？

亚矢子干脆利落地回答："妈不让我告诉你。她说，我能看透这些事固然难得，可是你傻人自有傻福，不明白更好，反倒能开开心心过日子。"

诚治真想给自己一榔头。

自从辞职以来，诚治不知不觉地放纵了自己的任性。即便如此，他还是觉得全世界都亏欠自己，话说得不入耳的便利店店长、一见面就找机会教训他的父亲、惦记他找工作却小心翼翼看他脸色行事的母亲……都是让他大发脾气的对象。

如今想来，与母亲这二十多年来所承受的痛苦相比，他那点烦心事简直是小孩子式的蛮不讲理。毕竟，在全家人中，只有他自己开开心心地生活了这么多年。

记得当初母亲把死去的猫咪那小小的身体抱在膝盖上，一边哭一边喃喃自语："你要是别人家的猫就不会受这么大的罪了呢……真是对不起你，妈妈不该养你的，对不起你呀……"

当时他颇觉得老妈的话莫名其妙，直到今天听了老姐的一番解说，才知道个中缘由。妈妈那是觉得自己没有尽到做母亲和做主人的职责，对死去的猫咪满怀内疚吧。

自己当初要是能机灵点，早点看清邻居的险恶嘴脸，小猫也不会受到如此的虐待，他们姐弟也不会承受这么多痛苦的回忆。

母亲固然是个不善社交的人，但也绝不至于无缘无故就惹得周围的人讨厌。她顶多不过是无声无息地淹没在人群里，不被人注意到而已。如果臭老头在酒席上能表现得像个正常人，能在二两酒下肚后没变成个遭人白眼的混蛋的话，这一切根本不会发生。

这事的责任不在妈妈，全在于那个从一开始就把所有事情搞糟的混蛋臭老头！难怪亚矢子会那么光火。

楼下传来钥匙开门的声音。

"来……来……来，咱俩再大战三百回合……"

亚矢子转过右肩，直起腰来听了听，对诚治说："你把妈扶上楼，然后陪着她。本来今天想控制一下的，可我的忍耐也有个限度。再说，有些话是不能让妈听见的。"

"明白了。"

亚矢子先走下楼，像尊门神一样站在屋门口的台阶上等着父亲诚一。

"三个月前您说不用我插手，现在您一叫，我又得跑过来。到底是一家人，今晚请您别再喝酒了，咱们好好坐下来商量一下妈妈的事情吧……爸！"

诚一铁青着脸走进屋。三个月前不听女儿的劝告，老伴的病情恶化了又去找女儿求救，一贯善于装蒜的他其实也觉得很失面子。

如今，全家人里唯一能理直气壮的只有亚矢子。

诚治带着点心虚地从姐姐身边溜到客厅，扶着寿美子上了楼。

寿美子走进儿子的房间，找到床坐下，依旧前后摇晃着身体，似乎完全无法控制自己。诚治揉揉她的手，她也毫无反应。

楼下传来亚矢子的一声怒吼："您别开玩笑了！"

诚治慌忙跑出去察看动静。似乎是诚一刚说了一句"我先……干了……这头一杯"。

"喝完酒还能谈正事吗？我们医院的精神科大夫跟我说了好多情况，您能好好听我说话吗？"

听到亚矢子的声音冷静了一些，诚治又偷偷溜回楼上。

刚进房间，就听见正在摇摇晃晃的母亲轻声地叫着他的名字。

"什么事，妈？"

"手……你能握着妈妈的手吗？轻轻握着就行……"

诚治的眼眶一下子湿润了。

他紧紧地握住了母亲又干又瘦的手，似乎想把它们包裹起来似的，紧紧地握着。

"不管什么时候都行，您可要跟我说啊，只要我没出去打工或者找工作，我都会握着您的手的。"

听儿子口头表了决心，寿美子僵硬地微笑了一下。

"妈，您的手干了，我去卫生间拿点护手霜来给您擦擦。"

诚治松开手的一刹那，寿美子的脸上又显现出不安的神情，见儿子对她笑了笑，便又开始前前后后地摇晃起来。

诚治拿了护手霜，又顺便听了听楼下的动静，好像老姐在说什么"血清素""神经元突触"之类的生物学名词。爸要是没喝酒的话，肯定能理解这些词的含义——他可是国立大学毕业的高才生，学的还是理科。

回到房间，诚治挤了一些护手霜涂在寿美子手上，然后轻轻地摩挲着。老妈的情绪好像又稳定了些，至少比先前放松多了。

不知摩挲了多久，楼下又传来亚矢子的一声怒吼："我都说了多少遍了，不是您说的那样！"

"妈，好像姐跟爸吵起来了，我下去看看啊。"说罢，诚治慢慢地放开寿美子的手，走出房间下了楼。

"怎么了，刚才不是一直聊得好好的吗？"

他边说边走进客厅，见亚矢子正用杀气腾腾的凌厉眼神瞪着诚一。她的眼神实在是太逼真了，很有下一秒就要抬手杀人的唬人气势。诚一却趁机把矛头指向了诚治。

"这里哪有你这个废物说话的份儿，给我滚一边去！"

"什么？"

老妈都病成这样了，还跟我没关系？诚治刚要回嘴，突然觉察到了老头子的真实用意。

老头子不是骂他，而是想转移话题避开亚矢子的锋芒。从小他就看透了，老头子那种自己一贯正确的信心，一旦遇上亚矢子杀气腾腾的眼神，便也只能落荒而逃。

诚治也超怕老姐这种眼神。每次一摆出这副表情，就意味着亚矢子占据了绝对的真理，而且她还要凭借这绝对的真理毫不留情地步步紧逼、刨根问底。亚矢子从学生时代就开始磨炼这一本领，有时跟老爸交锋败下阵来的时候，还会气得直掉眼泪。作为小姑娘来说，当时还是蛮可爱的，而现在呢？小姑娘早已长大成人，凌厉的眼神中也多了一份沉着冷静。嗜酒如命、酒后无德的把柄被这样的女儿捏在手里，父亲诚一其实跟儿子诚治一样，色厉内荏，心虚不已。

在家一副大男子主义派头，又难伺候又冷漠，离了酒就坐立难安。平时待人刻板生硬，令人退避三舍。一旦喝醉了，又只顾由着自己的性子胡来，毫不知检点，让家人都避之不及。

在落荒而逃的老爸的映衬下，已经与他身高差不多的亚矢子的身影十分令人畏惧。

被女儿追问、转而呵斥儿子的父亲诚一此时的心情坏透了，就像个被人训斥"你不是个好孩子"的小孩。对他来说，在跟亚矢子的正面交锋中占上风简直是妄想。运气好的话，也许能靠骂骂儿子来挽回点做父亲的尊严吧。

可是老爸……诚治在心里说，亚矢子是那么好糊弄的吗？如今的她早就百炼成钢了，您这种虚张声势的伎俩怎么会管用？

"话……话不是这么说的吧。爸，这不是正说妈的事吗？我也想听听你们怎么打算……"

"你妈病成那样了你都没注意到，事到临头了还在这儿说什么废话！"

喂，您现在只有我这艘救生艇了，还不明白吗？还打算把我轰走？难不成您还幻想着能跟如今的亚矢子一对一较量，摆老子的派头吗？

亚矢子都三十了，早不是当年那个被您骂两声就会吓哭的小姑娘了。

"像话吗？别把责任都推给诚治！"亚矢子果然看出了破绽，"我妈的事全都怪您！三个月前我就提醒过您带她去看医生，之后我又催过多少次？您反而理都不理！就是您害得我妈变成现在这样！少拿诚治当挡箭牌！他虽然也混账，但罪魁祸首不是他！"

看吧，看吧，拿我撒气，只会让姐姐的进攻越来越猛烈。

反正我是从来没见过她发这么大的火。

"我怎么了我？天天辛辛苦苦地上班，养活这一家子人，你妈她自己变成那样也算我的错？"

完了完了，诚治仿佛自己也挨了一枪，不由自主地闭上了眼。

老头子这下算是撞到枪口上了。

"您——怎——么——了？您还好意思问我？"

这下子，亚矢子的小宇宙终于被点燃了，再也无人能抵挡得了她。倘若姐夫在的话，她或许还能收敛点，可眼下她是单兵作战，毫无顾忌，战斗力简直像刚刚挣脱牢笼的猛兽。

"那我就从头跟您说说！您不是老觉得自己怪不错的吗？什么会社交呀，能搞好人际关系呀，跟我妈不是一类人呀。可您知道左邻右舍背后都是怎么看您的吗？我妈、我，还有诚治，这么多年来一直让人家讨厌、受人家欺负，那可全都是托了您的福！"

脸上带着吓人的微笑，亚矢子猛地站起身来，诚一赶忙往后退了退。"姐，你要干吗？"

他下意识地赶忙拽住她，总算是缓解了亚矢子的第一轮爆发。

就像洪水冲破了闸门，亚矢子把自从搬家以来的种种遭遇痛痛快快地宣泄了一番，意思大致跟刚刚说给诚治听的差不多。

"吵死人了！你给我闭嘴！"

诚一以怒吼的方式发布了自己的战败宣言，企图靠音量压制女儿的攻势。

可是，就算比拼音量，亚矢子的嗓音也要比他尖亮得多。

"总之，您就是只顾着自己！我费了多少唇舌，跟您解释我妈的病，到头来您还嫌烦——还是人吗您？"

"姐……姐……说过头了啊。其实咱爸说的那都是气话嘛，心里不是真这么想的——是吧，爸？"

"你少插嘴！"

亚矢子的命令比老爸还斩钉截铁，没有丝毫商量的余地。诚治只好赶紧撤退。

"这话多少遍我也敢说，爸您就是太自私了！好几年前我就跟您说过，邻居老欺负我妈，咱们还是赶紧考虑搬家吧，对不对？可您呢？老觉得人家还都挺喜欢您的，振振有词地说什么我妈性格有问题，搬到哪儿都一样！其实心里不就是舍不得那点便宜的房租吗？出去另租房也好、自己买房也好，咱家真缺那个钱吗？平常您除了给家里点生活费，剩下的钱都攥在自己手里享受。家里其他地方要用钱的时候，您一贯都是抠抠搜搜的！连房子的日常维护都不舍得做，您又凭什么老想赖着人家公司的房子？街坊邻居背后都恨不得赶紧把我们家撵走，您知道吗？"

诚一像挨了当头一棒似的站起身来，抬起了手臂。

"老爸……老爸，别动气啊！"老头子要是真的动了手，那可就彻底地、彻底地……

亚矢子并没有躲避，也丝毫没有抬手阻挡的意思，依旧傲然地站在诚一的面前。

诚治没能拦住父亲，亚矢子左脸上结结实实地挨了诚一沉重的一巴掌，头都顺势偏了一偏。

重新转回头，亚矢子脸上却是一副胜利者的表情。

反而是打人的诚一，虽然脸上还拼命保持着盛怒的神情，却分明透出心虚的意味。

"反正，家人对您不重要！重要的只有自己、自己、自己！自己方便，自己舒服就行！我妈也好，我也好，诚治也好，只要不碍着您舒舒服服过日子，全都无所谓！我说错了吗？就是因为这样，所以我妈二十多年来的辛苦委屈您都不放在眼里，天天逍遥自在！万一有一天，您下班回来，发现我妈吊在房梁上，估计也只会哭上两声，然后就在心里暗自庆幸，可算又少了个麻烦吧！今天我说了大实话您不爱听了？还想靠拳头让我闭嘴，可惜了，我亚矢子可不是挨几巴掌就不敢吱声的人！

"既然这样，您当初干吗要娶我妈？"

亚矢子简直是在咆哮了，连空气都似乎被她的怒吼震得发颤。

"姐，你别说气话了，爸妈不结婚咱俩打哪儿来啊……"

没想到，诚治慌乱之下词不达意的劝解却产生了强烈的效果。

亚矢子"哇"的一声哭出来。而且，还是号啕大哭。

诚治吃惊地望着岿然不动的姐姐，诚一也被女儿惊呆了。

"咱妈没嫁给他才好呢！你看看她，当初要是嫁个好人，现在就能开开心心地过日子了！生不生咱俩又有什么关系？结果呢，嫁给这么个自私鬼，自己和孩子都被邻居像靶子一样欺负了三十年，一辈子战战兢兢，活得有多惨！摊上个自私自利的老公，宁愿花上五十万一百万出去玩，也不愿意给自己的老婆换个环境！"

"都别出声……"一个微弱的声音打断了亚矢子的哭诉。三人一齐回头看，见寿美子扶着墙晃晃悠悠地走下楼梯。

"会让人家听见的……人家一直都盯着咱们家呢……说话小声点，啊？人家都看着呢……要小心啊……"

她的喃喃呓语，让一度几乎不可收拾的局面顿时草草收场了。

亚矢子把桌子上摊的几十张宣传单推到父亲面前。

"这是我们医院的介绍材料，我挑了些好懂的拿回来。您好好看看，这上面都写得明明白白的，我妈这种情况不是单纯的情绪问题，那是科学都证明了的病！"

然后，亚矢子又贴近妈妈的身边，柔声地说："妈，您老说有人在盯着咱们，我可没发现哦……"

"可是……可是，不管我去哪儿，连买东西的时候都老有人盯着我呢。跟你爸去旅游的时候，都走了那么远，人家还盯着我们呢……"

"妈，您可能是这么想的，可是，听我说，那都不是真的哦。"

亚矢子一边安慰着母亲，一边扶着她朝楼上的卧室走去。诚治不知该怎么办才好，也跟着上了楼。父亲诚一此刻也是筋疲力尽，被女儿狠狠数落了一通后，他大概也想独自安静地待一会儿吧。

"姐，我在我房间里。你安顿好妈，还有什么要说的话就……"

"知道了！"亚矢子随口回答，一面手脚麻利地铺开父母的被褥。

上一秒还是那么牙尖嘴利，下一秒却又替臭老头铺床叠被。虽然嘴上不承认，心里到底还是存着父女情分。连他这个做弟弟的都能看明白，老头子不会真的不懂吧？又或许，不可一世又唯我独尊的父亲，对这些根本不会在意？

诚治蹑手蹑脚地回到客厅，对老爸诚一开了口：

"我姐……她帮您把床都铺好了。"

"那点事我自己不会干吗？谁用她献殷勤！"

诚治明白，这种连头都不抬的回答肯定是在怄气。因为老爸现在的腔调，就跟他自己当初跟家人闹脾气的时候一模一样。

心里其实什么都明白，只不过嘴上不愿承认罢了。

他本人当然对此深有体会，所以也就不再多说，又回到了楼上。

过了一会儿，亚矢子也走上楼来。

"臭老头好像开始看那些资料了。"

"那不挺好的?"不知为什么，诚治总想要帮老头子说点好话，

"姐，长这么大，头一回看你哭得那么凶。"

亚矢子自打懂事起——尤其是搬到这里来以后，就是个不怎么爱哭的小孩。即便偶尔哭鼻子，也是咬紧牙关，绝不放声大哭。

面对老子的拳头仍能凛然傲视，却会为了心疼母亲受苦而放声痛哭，甚至宁愿自己不曾降生，而母亲有缘另嫁他人一生幸福。亚矢子今天的一番诛心之语，只怕给臭老头的心理带来了毁灭性的打击吧。

"虽然他确实不像话……不过姐你刚才说话也太狠了吧。老头估计是真受伤了。"

"伤点才好呢。不然他到现在还觉得自己跟个圣人似的呢。最好看资料的时候能顺便反省一下自己的所作所为。"

不愧是亚矢子，老早就看透了邻里之间隐藏着的种种恶意。也正因为如此，她对父亲的怨恨绝非一时一日可以消除。

"你还是赶紧用冰块敷下脸吧，要不然明天脸要肿了。"

"我才不弄呢，让臭老头天天看着被自己打肿的女儿的脸过日子才好呢。多肿两天，还能多提醒提醒他自己都干了什么好事！"

哇，连苦肉计这种大招都放出来了！诚治不由得打心底里同情起老爸来了。

仿佛看透了他的心事，亚矢子目光如炬地瞥了弟弟一眼。

"我提醒你啊，别指望臭老头从今天开始就能洗心革面。他那种人，自命不凡又不懂人情世故，怎么可能一夜之间就良心发现呢。更别提带妈上医院、考虑搬家什么的了。所以啊，以后带老妈看病的任务就全指望你了。"

"嗯，我知道。"亲眼看到母亲那骇人的症状，诚治心里明白，就算再不情愿，自己也必须学会承担责任了。

"明天就带妈去看医生。医院在邻市，开车要半个多小时。虽然路程远了些，水平倒是业界公认很不错的。"

"啊？临时去，能挂得上号吗？据说现在得抑郁症的人挺多，精神科门诊都要排队呢。"至少这点情况诚治还是在网上查过的。

"让我们家的医院开了封转院介绍信，都预约好了。妈的病情那么重，只好临时插个队了。你看看，我都准备到这份儿上了，那臭老头还嚷嚷什么麻烦麻烦的，哼！"捎带着，亚矢子又忍不住吐槽了一下诚一。

诚一上下班都是坐地铁，所以家里的车平时是闲着的。

去医院之前，家里又起了一番争执。

因为总觉得有人在监视着自家的一举一动，寿美子对出门去医院看病的事十分抵触。"人家都在看着咱们呢，要是知道了妈妈去看精神科大夫，肯定又在背后指指点点……那不又给你们添麻烦了吗……"

眼看着妈妈连鞋都穿好了却兀自不肯起身，诚治不由得有些急躁：门诊预约的时间要来不及了。

"妈，您赶紧起来吧，要是今天看不上病，那才是给人家添麻烦呢，明白吗？"

话音未落，只见正在劝说母亲的亚矢子一瞪眼，杀气腾腾的目光又飞了过来。诚治咽了口唾沫，赶紧闭嘴。

"妈，您没给我们添麻烦哦。您就是身体不太好，所以才要去看病啊。人家病了还说人家的坏话，能有这么坏心眼的人吗？就算真有，咱不理他就是了，他们又不能把咱们怎么样嘛。"

亚矢子一番苦口婆心的劝说之后，他们总算按时出了门。诚治开车，亚矢子坐在副驾驶座上，寿美子则独自坐在后排。

车子一启动，亚矢子就看着前方，压低了声音对诚治说："下次不准再这么急躁！对待病情恶化到这种程度的病人一定要耐心，态度要温和，你给我记好了！"

"嗯嗯，知道了，以后一定注意。"

等老姐回了名古屋，由他们父子俩照顾老妈时，到底不可能做到姐姐那般细心温柔的程度吧……但无论如何，要先尽量保持耐心。诚治告诫自己，这一条务必牢记在心。

有亚矢子指路，他们总算到达了医院。那是家独立诊所，位于一座当下最流行的医疗机构集中的大厦内，楼里林林总总地汇集了各种科室的独立门诊部。大厦的外墙涂着明亮的薄荷绿，进出的大门也很宽敞，营造出一种开放轻松的气氛。

亚矢子约好的那家诊所是位于二楼朝南的一间，自动门上用很柔和的圆角字体写着"冈野诊所"四个字，下面还有些小字，标注着诊疗项目、营业时间之类的说明。

"你好！我姓武，预约过的。"

亚矢子一面跟诊所的前台小姐打招呼，一面示意诚治带母亲去坐下。

候诊室里整体是淡粉的色调，还装饰着些绿色植物，似乎也是为了给患者营造舒适放松的氛围。候诊的人很多，大都低着头安静地等待叫号。诚治陪着寿美子在一张空沙发上坐下。

见母亲又开始不停地搓手，诚治便拉过她的手摩挲着。这是他昨天刚学会的唯一的护理方法。除了抚摸，晚上还要记着再给母亲抹一遍护手霜。

等了大约十分钟，护士叫到了他们的号。因为是初次问诊，一家三口便一起走进了诊疗室。一位语气温和、看来很沉稳的中年医生简单地询问了寿美子的病情。

"至于具体情况……"医生说着对亚矢子使了个眼色。

亚矢子立刻命令诚治："你带妈到候诊室去，那边有护士小姐照顾她。然后赶紧回来！"

诚治乖乖照办。等他再次回到诊疗室，医生便开始向他们说明寿美子的病情。

"根据之前亚矢子小姐所说的情况，病因很可能是各种压力长期堆积的结果。而且，患者正好处在更年期的阶段……最好的治疗方法，或许是让病人脱离现在的生活环境。"

"这一点确实有点棘手。之前我跟您说过，我父亲对精神类疾病特别不理解，虽然我一再劝他，但他总觉得特地为了这个搬家太不值当，老是不同意。"

"那她现在的病情到底怎么样？"诚治顾不上礼貌，急不可耐地插嘴问道。

冈野医生面有难色地翻看着病历。"首先可以确定的是，她处于严重的抑郁状态。"

首先？难道还有更严重的？诚治像是被当头泼了一盆冷水。

"此外，还显示出比较严重的妄想症状。"

妄想症状他倒是不陌生，从昨天开始，他已经有了切身的体会。

"相比精神分裂症来说，似乎广泛性焦虑症的症状发展得更明显一些。"

"广泛性……"

"广泛性焦虑症，是一种陷入无理由的不安感而难以自拔的疾病。就你母亲的情况来说，病因可能是长期以来邻里关系不和。随着家中唯一能够理解她的人——亚矢子小姐的结婚和离家，再加上宠物死亡、更年期的困扰等诸多诱因，导致病情持续恶化，并且发展到比较复杂的阶段。患者会经常担心自己或家人发生意外，有时还伴随无法自控的身体晃动或颤抖，不停地搓手、抖腿也是常见的症状之一。其他的症状，比如抑郁状态、妄想，等等，也有可能是这个病进一步恶化后的结果。"

"这病能治好吗?"

对于诚治急切的追问, 冈野医生给出了肯定的答复: "如果患者能按时遵照医嘱服药, 这种病的治愈率还是很高的。不过, 治疗过程中需要耐心, 家人的支持对患者来说尤其重要。"

"都需要什么样的支持?"

"首先是监督病人服药。比如随时检查她是否按时服药、服的药对不对, 等等, 最好能用专用药盒区分保管患者需要服用的药物。"

说着, 医生拿出一个药盒的样本给他们看。药盒中按日期和时间分好了格, 看起来的确很方便易懂。

"这种药盒您的诊所有卖吗? 我们要买一个。"

"好的,"冈野医生回答, 顺手在病历上写了点什么, "很多患者一旦症状有所减轻后就擅自停药, 这样会导致病情更加恶化。所以, 你们一定要严格督促她按时按量服药。另外, 药效的发挥也需要时间, 病人在习惯服药之前可能情绪上会有反复, 这时候家人一定要耐心说服她继续用药, 最好是每次该用药的时候家人能当面监督……确实有困难的话, 至少也要检查病人是否有把药藏起来或丢掉之类的行为。"

亚矢子没做声。她婆家的医院也有精神科, 医生的这些叮嘱对她来说都是常识, 最重要的是, 要让诚治明白。

听医生说到服药后一个多月才能开始发挥药效, 诚治多少有些受打击。妈得的到底是什么样的病啊，这么麻烦。

"治疗过程中的用药量可能会有变化。因为需要根据患者的具体情况确定最佳用药量。开始先少量，以后逐渐增加。药量加大或调整并不代表病情恶化，所以，如果患者对此感到不安的话，家人要充分解释清楚，让病人安心。哦，对了，令堂有没有表现出'家务活太累，坚持不下去了'这种情况？"

这个问题只能由诚治来回答了。

"嗯……还好吧，就是有时候做出来的饭菜明明都没变化，可她自己还以为换了花样。也就是这些了。其他的，像洗衣服、打扫房间、买东西什么的好像都没问题。"

"看来家务活还没给她带来明显的负担。今后如果病人向你们问起什么，一定要给她明确的回答。比如，她问到'想吃什么菜'的时候，你们要直接了当地告诉她具体想要的菜式。如果只是泛泛地说随便、什么都行之类的，反而会让病人产生压力。"

难怪呢。老妈最近做的菜都千篇一律，是因为家里谁也没告诉她"想吃这个了、想吃那个了"，自己和老爸天天饭来张口倒是省事，可给母亲带来了多少负累啊。

"她觉得每天做家务才能体现出自己的存在。昨天我跟她谈了谈，她很害怕被家人抛弃。"亚矢子在一旁偶尔做些补充。

医生边听边轻轻地点着头。"这样的话，就不必强求她完全停止做家务了。改变患者习惯的生活方式，反而有可能加重她的不安。不过，家人一旦觉得她的体力难以支持，一定要强制她休息。"

问诊完毕，亚矢子请大夫给母亲开一张诊断证明。

医生吃惊地问："令堂这种状态，难道还要出去工作吗？"

亚矢子自嘲地笑了笑。"不是找工作用的。只不过，这位患者的老公是个混球，没有盖着医院大红章的诊断证明，他才不会把她当病人看待呢。"

医生没再说什么，只是略微有点担心地问了句："家暴吗？"

大概是亚矢子红肿的脸颊让医生做此猜测。亚矢子却莞尔一笑，用手摸了摸肿着的脸蛋，仿佛那是她的英雄勋章似的，很有点得意的样子。

"不是不是。这大概可以算得上是我父亲的战败宣言吧。您看，我母亲并没有伤痕。"

"我……我也没事。他也从来没对我妈动过手。"诚治也赶忙补充。

医生似乎放了心，说："那我就给您准备一份诊断证明书，请稍候。"

不用说，医药费都是亚矢子掏的。

"妈，今晚吃火锅吧，全家人好久没团聚过了。午饭就随便买点什么对付一下。"

诚治目不转睛地看着快人快语的老姐，心想，等她走了以后，自己也得学会这么果断利落才行。

他们在附近的超市买完东西回家，还没进门，就听见有人夸张地"哟"了一声。回头一看，是住在他们家后面的西本太太。亚矢子之前回忆以往的痛苦经历时，把过期巧克力送给姐弟俩的正是此人。

"哟！这不是亚矢子嘛！从名古屋的大医院回娘家来啦？"

"哦，医院放假，所以回来看看。"

自打知道了事情的真相，诚治觉得亚矢子在邻居们面前假装出来的笑脸真有点恐怖。老姐真有一颗钢铁般的心啊。西本太太的话里明显就是带着刺的嘛，还掺杂着一点嫉妒。

"这回要在家住几天啊？"

"两个星期。"

"哟哟哟，院长夫人两个星期不在……医院方面没关系呀？"

"您别院长院长的，我们家那位还没正式继承医院呢。跟公婆处得挺好，听说我要回娘家休息几天，他们都很支持。"

看她们微笑交谈的样子，诚治心想，太恐怖了！女人简直都是妖怪！

"怎么突然跑回娘家啦？哎哟哟，你那张脸，是被人打了吧？哎哟，看着挺吓人的哟！"

亚矢子好像很难为情地摸着脸颊。"我们家的医院不是也接收急救病人嘛，上次急救中心送来个事故受伤的病人，因为疼得受不了了就乱打人，我帮着摁住病人的时候被打了一下。不过，我也狠狠还了那家伙一拳，啊哈哈哈。像这个样子出门，被别人看见了老是要一遍一遍地解释，太麻烦了！而且前一阵子我又忙得要命，我老公就索性让我回娘家休息休息啦！"

"啧啧啧，那可真是……"

见西本太太脸上分明已显出嫉妒的神情，亚矢子索性多说几句气气她。

"昨天，又和你爸顶嘴了吧？"

一听到这种旁敲侧击乱打听的口气，寿美子就哆嗦了一下，缩紧了胳膊。诚治赶紧把她扶下车，从厨房的后门走回家。他让母亲把拖鞋拿到正门口，自己又走出门把买的东西从车上搬下来，放在玄关前的门廊里。

这期间，那"妖怪附体"的老姐的笑声一直在院子里飘荡。

"哎哟，真丢脸，被您听见啦？确实是争执了几句。不过，我们父女俩吵吵嘴是常有的事，家常便饭嘛，都习惯了。不就是他见我挨了患者的打老劝我辞职嘛，说是在家当个少奶奶就行了呗。我又不愿意，谁知道说着说着就吵起来了——"

"唉，这多叫人羡慕呀，你们家……"西本太太显然不是亚矢子的对手，不由得落荒而逃。

"大姐大，您可真够恐怖的！"

诚治一边往家搬东西一边小声嘟囔。这工夫，亚矢子那张逼真得不能再逼真的"私家医院夫人"的笑脸已经迅速切换回女战士的真面目。

"这种小老太婆我都搞不定，将来我还怎么当院长夫人啊，喊！"

"大姐，您简直就是非凡的公主希瑞的化身啊——请赐予我力量吧！"

"也赖我，"亚矢子嘟囔着，"三个月前硬要回来也不至于变成这样。"

"那怎么能行啊，姐……"再不通人情世故，诚治也明白，嫁给私人医院继承人的老姐，时间是由不得她自己决定的。姐夫虽然人好，也不是事事都能自己做主。这次回娘家请了两个礼拜的假，估计也是老姐苦苦求情才准的假。

仿佛要弥补自己的悔恨，亚矢子又把目光转向了诚治。"一定要让妈按时吃药，最好吃药的时候能陪着她。从今天开始，这个任务就交给你了。在我回名古屋之前，你必须养成这个习惯。"说完，她舒展了一下表情，走到里屋，"妈，您饿吗？咱们弄饭吃吧。"

坐在沙发上还在摇晃着的寿美子用念书似的语气小声答应了一声"好"，诚治听了，便赶紧拎起购物袋送进厨房。

晚上，往常七点钟左右就会到家的父亲诚一过了八点也不见人影。

不是工作有多忙，他恐怕是害怕面对家中的女儿吧。

好不容易等到他回家来，亚矢子用明快而又带点冷淡的声音招呼他："爸，您今天下班够晚的。再不回来，我们就不等您直接开吃了。"

餐桌上已经摆好了锅，亚矢子不由分说地占据了老爹对面的座位，好让诚一一抬头就能看到女儿脸上被他打肿的红印。

"爸，您喜欢吃鸡肉丸子对吧？今天我跟妈一块儿做的，您尝尝。"亚矢子边说边给父亲摆放餐具。

"给您点橘子醋。"说着，她特地从桌子另一头站起身来向诚一面前的小碗里倒了点醋。诚一被突然挨近的女儿那张惨不忍睹的脸吓了一跳，不由得扭过头去。

诚治跟仍在晃来晃去的母亲坐对桌，这对他来说也够难受的了。

席间亚矢子一直在貌似开朗地东拉西扯，气氛反倒显得十分诡异。大概是迫于这种诡异的压力，老头子连每天必不可少的一顿晚饭酒也不敢喝了，而且始终眼神飘忽，不敢正视女儿。连侧座上的诚治都发现了。

吃完火锅，再吃了点别的菜，亚矢子又发话了："诚治，去帮妈收拾收拾。"

其实就是命令他去洗碗嘛。看来，她是打算趁他们在厨房的时候跟老头子谈谈。

"嗯，知道了，不过先得完成这个任务。"说着，诚治走到餐具柜前取出刚买的药盒，说了句"妈，该吃药了"，然后往杯子里倒了点水，又从药盒里取出饭后应该吃的那种药递给母亲。寿美子微弱地抗拒了一下，最后总算把药片放进嘴里，又小口地喝着水送药。

"爸，您来一下。"

听见女儿叫自己，诚一稍微挪动了一下身体，然后又纹丝不动地磨蹭了一会儿才站起身来，往客厅走去。

诚治一边刷着碗，一边竖着耳朵倾听客厅那边的动静。

父女俩的谈话，好像先从亚矢子汇报看病经过说起。

还赶得上吧。诚治思忖着，迅速洗完碗，又劝说母亲去洗澡，然后赶忙溜回客厅。

"这是医院的诊断证明。"还好，他正赶上亚矢子对老爸放大招。

诚一绷着脸接过信封，抽出里面的诊断证明，那上面应该写满了冈野医生所说的"广泛性焦虑症""严重的抑郁""妄想症"之类的病情。

"我不说您也明白，我妈病得很厉害，"先给老头子来个下马威，亚矢子又递给诚一一张便笺纸，上面已经写好了日常的注意事项，"您平时只要多注意一下这些事就行了。妈平时吃药、去医院的事都交给诚治负责，您只需要注意下这上面写的日常事项。"

"你妈这病多长时间能治好？"

对父亲的问话，亚矢子是一副"你自己正撞到枪口上了"的模样。

"哟，估计得好几年呢，您可要做好心理准备。假如三个月前能够及时就诊的话……唉，现在说这些也没用了。"

诚一没理会女儿夹枪带棒的挖苦，只是吃惊地瞪大了双眼。

这也正常，连早有心理准备的诚治，猛然听见姐姐这么说都有些心灰意冷。

"您别以为去医院看看就万事大吉了，那根本不解决实际问题。为什么呢？因为最影响这病的是周围的环境，换不了环境就只能靠吃药慢慢治。所以，尽快搬家的事，还请您好好考虑考虑。"亚矢子仿佛不记得前一天晚上父女俩刚为这事大吵了一架似的，直接把话给挑明了。

亚矢子在娘家的两个星期很快就过去了。

第二周，他们三个人又去了趟冈野诊所，最终跟医生约好，以后每两周去那里复查一次。既然只需要吃药，也没必要让寿美子住院了，否则反而又让她徒增压力。

在亚矢子红肿的脸庞的震慑下，她在娘家住的这段时间里，诚一在晚饭时一直没敢喝酒。虽然，他照旧还会颐指气使地让亚矢子洗衣服做饭，或是命令她"把我的西装和衬衫送到干洗店"之类的，偶尔要要老子的威风。

回名古屋的前一天晚上，亚矢子把弟弟叫到自己的房间。

一走进这间粉刷一新的房间，亚矢子就招呼诚治坐下。见姐姐一副正襟危坐的派头，诚治不得不老老实实地坐好。

然后——

亚矢子从皮包里掏出一沓钞票。

"啊？"结结实实的一捆新钞票，整整一百万。

亚矢子把钞票推到弟弟面前。"咱妈的医疗费尽量让臭老头掏。不过，万一急着用钱的时候，就拿这些钱救急。就算是妈看病的备用金吧！"

"这……这么多钱……是姐夫给你的？"

"怎么可能？当然了，如果我开口，他一定会给的。可是自己的老头不肯掏钱给老伴看病，这么丢脸的事怎么能跟你姐夫讲？这些钱是我结婚前自己攒的。"

唉，姐还是很给老爸留面子的。想到这一层，诚治心中泛起一股暖意。别看老姐口口声声地叮嘱自己不准告诉老爸，其实心里很想让老爸知道吧。

就是这个厉害的老姐，连老爸和诚治自己都怕她三分的老姐，最希望母亲幸福的老姐，还能在此刻有意无意地替这个不争气的老爸保留一点面子，哪怕对自己的老公也守口如瓶。必须认真考虑搬家的事了，只要从这个鬼地方搬走，老妈的心情肯定会大有好转。

"钱就放你这儿，妈需要的时候，随时拿出来用。用了就用了，也不用还我。"

"明白了。"诚治郑重其事地用双手接过那摞钱，决定明天就赶紧去银行开个新账号把钱存进去。

"明天，你送我到新横滨车站。"

"那不如也带着妈一块儿去吧？"

"行，老妈肯定最想去送我嘛。"

"就是，那就这么决定了。"说着，亚矢子那好不容易消了肿的脸上露出一丝笑容。

"有什么事情的话一定要尽快联系我！"

第二天早上，父亲诚一一边读着早报，一边偷偷地窥视着亚矢子的一举一动。临出门去上班的时候，他背对着亚矢子说了句："那天不该打你！"

"都是我不好，"还穿着睡衣的亚矢子听见他的话，回过头来对诚一嫣然一笑，"打我两下没关系，只要以后好好关心我妈妈就行！"

头几天那场父女大战之后，家里一直很平静。在父亲面前，亚矢子也一直保持着开朗活泼的样子。但在装乖乖女的同时，她的一举一动里时常会夹杂着几根小刺。看得出来，她还没有完全原谅父亲。

装乖，只不过是为了让妈妈过几天家人团圆的好日子，对诚一，她可是丝毫没有妥协的意思。

"你还生老头的气啊？"诚治边吃早饭边问姐姐。

"现在不到问这个的时候。"亚矢子大口地咬了一片面包。

言下之意，她已经够克制的了。一想到自己离家这几年里母亲所遭受的痛苦，亚矢子就更难以释怀。

"我可不会轻易饶了他，"母亲寿美子在洗衣服，并不在一旁，可亚矢子还是压低了声音说话，"他只在乎他自己，指望他只会一次又一次地失望——你看看我。他自己享受的时候，花多少钱都愿意，换成是你的事，或者为了老妈搬家的事，就口口声声说没钱，他就是这么个混蛋！"

唉，看来，除非老爸同意搬家，否则是不可能得到亚矢子的原谅了。

细想想，这也是没办法的事。尤其是眼下，老头子的不作为拖延了妈妈的病情，给她带来了严重的伤害，难怪姐姐生气。

"这两个礼拜，辛苦你了……"

送别的时候，妈妈对亚矢子说。亚矢子默然无语。

送完姐姐从车站回家，诚治发现电话上有一通留言。

一听那个讨厌的声音，他就知道是先前辞掉的那家便利店的店长打来的。

"喂，是武家吗？我是武诚治辞工那家便利店的，请把店里的围裙尽快归还，谢谢！"最后，是咔嗒一声把话筒重重摔在电话上的声音。

那条围裙，因为老妈的事忘记还给店里了。还好寿美子早已洗得干干净净。

反正车子就在门外，索性顺便去还了。诚治跟母亲打了个招呼："妈，我还要再开车出去一趟，有什么要顺路买的东西吗？"

寿美子打开冰箱看了看。"晚饭做什么呢？"

晃晃悠悠，摇摇欲坠。

冰箱门就那么一直开着，她的身影却是一副始终站不稳的样子。

"先补充点日常需要的？"

如果知道菜单的话，自然能确定该买什么。不过做饭真不是诚治的长项。

"那……就买点鸡蛋、牛奶、火腿、咖啡什么的吧。"

"等等，我记一下。"

拿上妈妈开列的购物清单，诚治又出了门。

便利店的店长一见到他就露出一副十分不爽的神情。

"都辞职三个礼拜了还不知道把公物还回来，真不知道你们家家长怎么教育孩子的！"

店长的风凉话一下子让诚治眼前浮现出母亲摇摇晃晃的身影。

"对……对不起，事情一多就……"

"事已至此还啰唆什么！"

诚治伸出手去，正要把装着围裙的纸袋递给对方，突然又停住了。

"嗯……那什么，我能回这里打工吗？"

"你说什么？"店长的脸色更难看了，"想得倒美，当初可是你自己擅自离职的！我们已经招到新人了！再说，像你这种根本不打算好好干活的人，谁会雇你啊！"

"好吧……"

你们家家长，这句话一直在诚治脑海里嗡嗡作响，真想揪住他让他把这句话收回去。而且——

"看来我还真是很傻很天真！"

诚治像被人赶出来似的走出便利店，垂头丧气地上了车。

第二章

待业青年，发奋吧

寿美子又去看了三回门诊。距离亚矢子回去已经一个半月了。

药物没有什么副作用，而且好像产生了一定的效果。寿美子的情绪稳定了不少，也不再说那些死呀活呀的话了。不过，仍然会不停地搓手或者前后摇晃什么的。

每次带母亲去看病的都是诚治。他还时常帮着干些买东西之类需要外出跑腿的家务。老姐会定期给他的手机打电话检查工作，听诚治说到不知该问老妈买什么菜的时候，亚矢子还用邮件发了好几十种菜谱给他。不过，可能是只顾从年老的爸妈的营养健康角度考虑问题，那些菜谱净是些清淡菜式，缺肉少油的，让诚治很不满意。可他又有什么法子呢。

父亲诚一呢，偶尔也会问问他带母亲看病的结果。基本上都是在晚饭斟上一杯小酒的时候。

"好像情况已经基本稳定了。药就按现在的继续吃，不过大夫说还是要做好长期的打算。"

"是吗？"

看来老头子还是关心老伴的。诚治刚想到这儿，就听父亲又说："哼，以前那些要死要活的话都是气话吧！夸张成那样！"

"您说什么呢！"完全不理解老妈也就算了，还这么绝情，诚治不由得怒气上冲，"当然不是！要不是听我姐的，老老实实带我妈看病、吃药，病情怎么可能稳定下来？"

"当了医生家的媳妇，职业病！有个头痛脑热的就神经过敏！她的话只能相信一半，自己又不是大夫，还老是自作聪明地跟我说病情，她算老几啊！"

制怒制怒制怒……真跟他斗气你就输了，吵起来也没什么意思。诚治提醒自己。老头子这是喝了点酒。咬紧牙关，他尽量放平声音说："姐虽然不是大夫，可冈野先生是专家吧。他都说了，我妈的病挺严重。医学专家的话，您也信一半？"好不容易，他才忍住没说出更重的话，"爸，周六您休息？好歹也陪妈去趟医院，那边病人挺多的。可是不管什么时候去，比我妈病得厉害的人都看不到几个。就只有一个，我看那人已经明显地精神不正常了……"

"少废话！你现在连工也不打了，就会在家吃闲饭，还不该带你妈去看病吗？"

说完，诚一就抖开了报纸。这是他表示对一切外部事物不闻不问的信号。

"诚治……"

顺着声音，诚治看见了斜靠在走廊墙壁的母亲。她好像摇晃得更厉害了。

"护手霜……你来给我擦点护手霜吧……"

"好，来了！"诚治站起身，陪着母亲回到卧室。

母子俩在早已铺好的床铺上坐下，诚治开始给寿美子的手上擦护手霜。

"诚治，别跟你爸吵架……要是让人家听见，说不定还会影响你爸的工作呢，那不就糟了吗？"

"谁会听见啊，那都是您的幻觉！"诚治粗声顶了母亲一句，心中立刻一紧。糟糕糟糕，老姐和冈野医生不是叮嘱过吗？不能生硬地否定病人的幻想，必须温和地劝导才行。

被自己这么生硬地顶撞，老妈的妄想症加重了怎么办？毫无退路的她，只能用自己的柔弱之躯去承担这份压力了。

再说，她的病虽然现在因为药物的作用暂时稳定了，可家人之间稍有点风波立刻就会加重，你小子不是不明白吧。

"啊，妈，对不起啊。我是说，我没跟我爸吵架，就是聊聊天。"

擦完护手霜，诚治逃也似的上楼回到自己的房间。

打开电脑，屏幕上是最近他常看的房屋信息。

搬离现在住的地方——这是冈野医生常常提到的建议。

他也明白，老妈眼下的情况，不过是药效和家里这种压力相互制衡的暂时结果，绝不是长久之计。

"尽量减少环境压力的刺激"，这么说来，现在住的这个地方就是老妈所有压力的来源，周围一有点风吹草动，她就又开始摇摇晃晃了。

"地铁沿线……二手房……看来怎么也要两千万！"

在月租只要三万块的独栋豪宅里住了二十年，如今诚治对月月花钱出去租房这事还真是心里没底。

在一个有贷款计算器的网站上，诚治试着算了一下某个他觉得"还行"的房子的价钱。

首付五百万，不含年终奖，再输入老头子退休前剩余的工作年数，选择父子贷款，回车。

月供大约需要八万。

看来，不赶紧找工作是不行了……

前几天，他刚过完二十五岁生日，距离第一次辞职整整两年过去了。而被荒废掉的两年零三个月的时光，也一去不复返了。

忽然想起什么，诚治从书桌的抽屉里翻出两张存折，并排放在桌上。其中一张是老姐给的那一百万，一张是他辞职后打工收工资用的临时账户。

跟老姐那闪闪发光的百万存款相比，他自打辞了便利店的工作以后就一直在坐吃山空，存折上只剩下可怜巴巴的十几万而已。

不多存点钱看来是不行的……诚治意识到，自己也是二十五岁的人了，就算是因为这两个月为了照顾老妈没去打工，可紧要关头能动用的钱，连一个应届毕业生的月工资都不够，这也太寒碜了。

"好吧！"他打开 Word，新建了一个文档，开始敲字，然后设为超大号字体——打印！

【我的小目标】

1. 找工作。

2. 存钱，目前目标：一百万！

拿过打印好的 A4 纸一看，他又觉得有点惭愧。简直就跟小学生做的暑假计划一样嘛。

然而，这种自惭形秽的感觉正是他现在所需要的，于是便找了个显眼的地方把那张纸贴好，不知不觉也感到精神一振。

再去看门诊的时候，医生增加了药物的剂量。

见寿美子十分紧张，冈野医生用他那一贯沉稳平和的语调详细解释了增加药量的原因："这个药，一开始是先从小剂量开始尝试的，没有异常才会逐步加量。加量说明这个药适合您的病情，就放心地继续服用吧。"

寿美子坐在那里，搓手搓得更厉害了。诚治伸出手去，安慰地抚摸着母亲的脊背。"不要紧的，妈，我姐以前不也这么说过吗？"

听闻亚矢子也曾如此说过，寿美子好像放心了点。

"家人注意多劝解劝解，好让病人安心治疗。"

此话戳中了诚治的痛点，他可没办法拍着胸脯向大夫保证。自然，他自己肯定会照办，可老头子自打母亲确诊后，跟老伴的交谈越来越少。

"有什么异常情况可以电话咨询，我们这里也有电话接诊服务。一旦发现病人出现幻听幻觉的征兆，就务必要带她来医院。"

"明白了，谢谢您。"

回家的路上经过常去的超市，诚治在文具柜台买下了所有的简历表，顺便还在图书柜台买了几本招聘杂志。

寿美子在一旁目不转睛地盯着儿子的举动。

诚治不好意思地笑了笑说："我打算认认真真地开始找工作。另外，过两天也想出去打打工。"

寿美子的脸上浮现出一丝僵硬的笑容。"诚治，你踏踏实实地努力，你爸也会高兴的……"

诚治五味杂陈地笑了笑。自己都病成这样了，妈还惦记那个臭老头啊。

首付五百万——老头子热衷旅游那阵子，又是北海道又是冲绳，四处跑的时候差不多也花掉了这个数。月付八万就当是房租吧，对普通家庭来说，算是很平常的价格了。

哪怕是为了自己老伴的幸福，他居然连这么点钱都不舍得掏。一想到这儿，诚治对老头子的愤怒和鄙视便蹭蹭地往上冒。就算是出去旅游，老头子也是从来不问妈的意见，就知道拉着她满世界转悠，丝毫没有一点照顾妻子心意的意识。自己喜欢的东西，就想当然地以为别人也喜欢，还硬要强加于人。而那些花在旅游上的钱，要是用来搬家，该给老妈带来多少快乐和幸福啊。

父亲对自己妻子的爱，也许真的存在。可惜，那是强迫接受型的施舍般的爱。

老姐说得对，指望老头子像正常人那样去爱——懂得体恤和关怀地爱——根本不可能。

陪母亲看病和面试一般都安排在工作日的白天，所以诚治打工时就选择了夜间的道路施工工作。虽然这一行在体力上十分辛苦，但胜在处处都能找到工作。

不过，还有一件事让他放心不下。

"爸，您看完了的话把早报给我，我要看看招聘信息。"

某天早上，诚治壮着胆子对父亲开口道。

诚一貌似不屑一顾地哼了声"嗯"，却立刻就把报纸递给诚治，而且明显心情大好。

"给我听着啊，别光看表面现象，让人家给坑了！什么又不要求工作经验、工资又高得吓人的那些，都是坑蒙拐骗！"

"嗯，知道了。另外，我妈去看病、应聘都是在白天，所以我准备晚上出去打打工。"

"有进步啊！与其赖在家里无所事事，至少你能想着出去工作，值得表扬！"

"无所事事？"诚治听他如此形容自己，几乎要炸锅，"我在家是为了照顾我妈，您没看见吗？"他压抑着火气，继续说道，"上次打工辞职以后我一直在家照顾妈，没法出去找工作。现在，我妈的病情也稍微稳定点了，晚上又有您在家，我出去打工也就可以放心了。不过，还有一件重要的事情要拜托您……"

"什么事？"

"就是我妈晚上这顿药，还有睡觉前该吃的药，需要您监督她按时吃才行。这些原来都是我在照顾，挺简单的。"

"这样就行了？"如果老头子直接拒绝就麻烦了。这么含含糊糊地提问反而是好兆头。

上次旁观亚矢子和诚一的父女大战，诚治发现，老头有时候就像个老小孩，其实很好哄。

"只要把药递给她，然后看着她吃下去就行了。前几天大夫加了药量，我妈她有点紧张……"

"行了行了，我知道了！"

再多说真怕把老头子招烦了。既然已经达到了目的，诚治索性简单说了句"那就拜托您了"，便见好就收。

第一份工作只干了三个月就辞职，之后的两年间又在陆陆续续地打零工。这种经历，让诚治的再就业形势越发严峻。

为什么从第一家公司辞职？辞职以后为什么没有马上再找工作？两年了，连一家录用你的公司都没能找到吗？

第一家公司不太适合我。也尝试再找工作。觉得靠家里养活不太好，所以找工作的同时也在打工。因为还要打工，面试都是抽空去的，所以……

对于最后一个问题，诚治很想对着那个提问的人大喝一句："要是找到了工作还能跑你这儿来面试？"

而他投递出去的简历，就像棒球投手轮换位置一样，从他应聘的那些公司渐次被退了回来。

【我的小目标】

1. 找工作。

2. 存钱，目前目标：一百万！

诚治看着贴在墙上的"宏图大志"，真想一把扯下扔掉。

不过，打工方面他倒是一帆风顺。起初，的确有些体力不支的感觉，但很快就适应了。最重要的是，这种体力工作的收入相当不错：打工的第二个月，他存折上的存款余额就已经超过五十万了。想到自己的"小目标"不久就能实现，连他自己也大吃一惊。

虽然自己的体力不太够，但跟那些朴实的大叔一起干活还是挺愉快的。

"小老弟，外面有好多活儿干呢，干吗非上这儿受罪啊？"

也有很多小青年眼红这行的高工资，可最多干上三天就被累跑了。能坚持两个月还没被累跑的诚治，在师傅们眼里成了稀罕物。很快，他在师傅们中间就混出了好人缘。

"家里老妈不是病了嘛，关键时刻手里没点钱不行啊！所以想赶紧存点钱呗！"

"有病？什么病啊？住院了？"

"没住院，就是得了那个——抑郁症，听说过吗？"

"兄弟，咱念书不多，可也不傻呀！这还不知道？就是那种心病呗。"

"嘿，那可够受的！不当心点可不行！"

师傅们朴实的话语让诚治眼圈发红。他赶忙用手套哧哧地擦了下鼻涕，可泪水还是止不住地往外淌。

见弯着腰用铁锹铲土的诚治忽然停下来不动，周围跟他一起边干活边聊天的大叔和外国劳工们赶紧跑过来问他怎么了。

"我们家老头，根本就不觉得那是病。我妈本来胆小，还得了这种病……老头子一点不上心，连医院都不肯带她去……"

"哦哦哦，你家老头太差劲了！女人软弱是当然的啦，不好好照顾是不行的……"

一个棕色皮肤的外国劳工夸张地缩着肩膀嚷道。

"唉，这就是你家老头的不对了！"

"我也想劝劝他，可我不是还没找到正式工作嘛……反倒老挨他的骂，什么没工作的废物少教训我之类的。"

"没事没事，"一位大叔啪啪地拍着诚治的后背安慰他，"听说工钱高，来这儿干活的小白脸多着呢！个个都是干不了几天就叫苦叫累地跑了！可老弟你都坚持了两个月，有种！日后准能找个好工作！"

"就是就是，这位兄弟又有骨气又孝顺，指定能找着好工作！咱向你保证！"

"嘿，就你们这帮没念过书的大老粗，说话管用吗？"

有人插了句嘴，引起大家一阵哄堂大笑。

"今天放工了我请客，烤肉串！眼下没剩多少活儿了，大伙儿赶紧啊！"

工地上的师傅们给别人鼓劲时，都喜欢拍拍打打。

诚治这样的"小白脸"，在这鼓劲巴掌的拍打之下不免踉踉跄跄。

在师傅们这么"带劲"的鼓舞下，诚治抹了一把满脸的泪水、鼻涕和尘土，花着脸继续干活。

"爸，我妈的药按时吃了吗？"

诚治本想跟父亲聊几句，结果每次都被诚一不耐烦地呛上一句"我知道"，所以后来干脆不跟老头子说话了。

本来是不放心才问你一句，你还这么盛气凌人的。本少爷可不吃你这一套。

老姐在家时努力营造的那种虽然诡异却不乏天伦之乐的氛围，转眼又恢复成原先死气沉沉的老样子。

"诚治，别惹你爸生气……"

母亲以前也曾这般忧心忡忡地劝过他，可他刚跟老头子闹完别扭，打定主意不肯服软。

"您干吗呀？又不是我的错！"刚吼了一嗓子，诚治心头堆积已久的、对老头子的愤懑之情便倾泻而出，"我不是关心您嘛！连吃药的事情都得我天天确认！您干吗还向着他说话！那以后看病吃药的事你俩自己看着办吧！凭什么我爸当甩手掌柜，最后有错的还是我？"

"我……我不是那个意思……"寿美子为难地搓着手，吞吞吐吐地说，"你爸……他就是那样的人，你说他也没用……"

"所以呢？所以我就活该忍气吞声，不惹他生气？活儿都归我干，还得让着他？还有天理吗？您护着他也得有个限度吧！"

口不择言地甩了一堆狠话之后，诚治冲出了家门。这种时候，漫无目的也能消磨点时间的便利店还真是便利。幸亏他以前打工时刻意回避了那些离家太近的店面。那时候他想，最后辞职的时候肯定多少都会有点别扭，跟店里人的关系也都闹得不太愉快，辞了职就不好意思毫无顾虑地再次光顾了。

现在，怎么办呢……

老妈肯定是低着头又开始摇晃了。

"对不起啊……都是妈妈不好，给你添麻烦了，对不起……"

这又不是老妈的错。老姐要是知道了得发多大的脾气？光是想象她雷霆震怒的样子，诚治就觉得后背发凉。

再怎么说，妈毕竟是因为吃了药才会变成那样吧？可是，难道自己就没有压力吗？一边忍受着老头子的蛮不讲理，一边还要细心照顾老妈。今天一烦躁跟老妈发了点小脾气，也是没办法嘛，好歹也只是没控制住自己吧。老妈一直吃着药，情况估计也不会再恶化了吧？说了几句重话，应该没关系吧？

我也需要个避风港休息一下嘛。

诚治步行到一家离家较远的便利店，站着看了几本杂志。

想到自己刚像老头子训斥自己一样训斥了老妈……不行不行，他需要时间去忘掉这件事。

过了几天，诚治下夜班回家，意外地看见早该睡下的父亲站在大门口等着他。

"喂！那什么……"

"这么晚了您怎么还没睡啊？"

"你妈，她有点……"

诚治心中涌起一丝不祥的预感，他扒拉掉鞋子就冲进了房间。

妈在哪儿呢？

没在卧室。客厅亮着灯。

妈刚发病时候的情形又重演了。

她坐在沙发上，仍旧是前前后后地摇晃。她低着头，用手捂着脸嘟嘟囔囔的样子，跟当初简直如出一辙。

不同的是——当初她手腕上可没有乱七八糟地缠着纱布！

诚治冲到母亲面前蹲下，抑制着想要把它们一把扯掉的冲动，轻轻地揭开母亲手腕上的纱布。

寿美子的左手腕上，歪歪斜斜地分布着几十条血线。有的伤口还在淌血。

诚治实在不忍再看了。

"这是怎么回事？"

他站起来就朝父亲冲过去，吓得诚一趔趄着后退了半步。

"我妈的病比原先更厉害了！一看不就明白了吗？当初她可没这么伤过自己！药又没有副作用，按时吃药的话会变成这样吗？早饭和晚饭前后的药我都看着妈吃了，我出去打工了才把晚上吃药的事托付给您的吧？说好了的事，为什么会搞成这样？"

"我……我是按时……"

"按时吃药的话不会弄成这样的！您到底怎么搞的！"

"我……我反正天天都叫她吃药……"

听了诚一强词夺理的回答，诚治条件反射似的举起了拳头，诚一也下意识地抱起胳膊，像是要自卫。

忍住、忍住、忍住。

真打起来，老头子的抵触情绪和反弹会更大，他们将失去再次拯救母亲的机会。

"怎么着，你还想跟老子动手啊？"

面对儿子高高举起的拳头，诚一不知是挑衅还是真生气地吼了一句。

诚治对老头子的蔑视之情此刻沸腾到了顶点，却忽然听见母亲微弱的声音："诚治，别着急，虽然妈这病是看不好了，但这都是妈的错。妈也不想活了，唉，活着也只会给家里添麻烦……"

说着，她的目光转向了别处，仿佛在注视着一个无限遥远的地方。"上次、上次、上次、上次……都不是你的错，可我还一直让你忍着点，我这当妈的，很招人烦吧……"

像被施了魔法一般，诚治心中对老头子的愤恨忽然都转移到自己的身上。

发脾气的时候只图嘴上痛快，忘了妈的病情。现在，他那些不管不顾的气话妈都记在心里，变成她责备自己的理由了。

这还是吃了药呢。自己当时凭什么掉以轻心了呢？也不想想，就算是在吃药，妈也受不了那些重话和训斥啊。

他无力地垂下手臂，诚一见状，也松开了胳膊。

"到底是怎么回事？把事情原原本本地说给我听！先说那些伤口是怎么来的！"

说着，诚治在餐桌旁坐下。诚一也坐回自己的位子上。一看到他那副心虚不已却硬要假装淡定的嘴脸，诚治不禁悲从中来。

自己又何尝不是如此呢？对于老妈而言，冷漠的置之不理和粗暴的训斥，从本质上说有什么区别吗？自己其实跟臭老头一样，都是不称职的家人。

据诚一说，他半夜醒来时，发现寿美子不在房中。起初还以为她是去上厕所了什么的，过了很久都没见她回来，他才赶忙出去查看情况，发现寿美子站在洗脸池前，一面翻来覆去地嘟囔着"对不起、对不起"，一面不停地用剃刀在自己的左手腕上割来割去。

"为什么不马上给我打电话？我又不是没手机！"

"打工好歹也算是工作吧，怎么能因为家事影响工作？"诚一很不耐烦地回答。

诚治当然看得出他在撒谎，而且是那种连小孩都骗不了的蹩脚到可悲的谎话。

不想让儿子知道自己的失职，怕受到儿子的责备，所以，干脆不告诉他——虽然明知道儿子一下班就会露馅。

"哦，照这么说，您在上班的时候，就算我们都出车祸死了也不用告诉您是吧？"

诚一的表情到底显出几分歉疚。

诚治从桌前站起身，走到母亲身边，把解开了一半的纱布小心地重新包好。上大学时，他参加过体育社团，多少熟悉一些现场救护什么的。至少包扎就比老头子弄得像样多了。

"妈，您跟我们不是约好了吗？怎么说话不算数呢？"

"对不起呀，对不起你们……"

"好了好了，没事了。您的伤口疼不疼？我那天跟您发脾气，您心里不好受吧？对不起啊，妈。"

"妈……妈今天就是不想给你们再添麻烦了……"

"妈，您要出事了我们才麻烦呢。人家会说我爸把自己的老婆逼死了，搞不好工作也受影响呢。"给她这么大的压力，也不知合适不合适。不过，老妈最担心的事就是给家里人添麻烦，索性就先试试这么说吧。

"我姐他们家的医院说不定也会受牵连。"

"那……那可怎么办啊？诚治，要是那样的话妈妈可就……"

"所以呀，您可千万不能死。这次您可一定得向我保证，您只要活着就行，您活着我们就不会有麻烦。我保证以后再也不跟您发脾气了，您也要保证今后再也不准自杀啊！"

"对不起……以后再也不自杀了……对不起……"

"明天，咱们再去问问冈野医生吧。"

一提到冈野医生，寿美子的口风又全变了。

"我不想去那儿……"

"怎么了？"

"他知道我这样，肯定会生气的……"

"冈野医生才不会生您的气呢，如果您不去，他反而会很生气哦！"

诚治不再跟母亲争辩，领着她回到卧室。"妈，时候不早了，您休息吧！"

见母亲像幽灵般轻手轻脚地走进卧室，又掀开被窝躺下，诚治这才敢离开，又走回客厅。

"这回，您总该明白了吧？我妈吃药一定得有人在旁边看着，下次千万不能再松懈偷懒了——爸，您不是也希望我能赶紧找到工作吗？可如果您不好好照顾我妈，我就只能一天到晚在家待着，工也打不成，工作就更别提了！"

"知道了！少啰唆！"

"知道了还弄成这样！我妈要真出点事，您怎么办啊？"

诚一又不吱声了。诚治也没胆子像亚矢子那样痛打落水狗地乘胜追击，只好点到为止。

"赶紧找找她把药藏哪儿了！"

"她自己说是吃了嘛，难道还能给扔了？"

"现阶段，她还不敢把冈野医生给的药丢掉，所以肯定是藏在什么地方了。"

"你直接去问问她不就行了！"

"她都睡下了，难不成再把她叫醒？再说了，她自己心里肯定也不好受，您一问，她没准觉得咱们是在逼她呢。"

"你又不是大夫，哪儿来那么多大道理？叽叽叽地就会耍嘴皮子，跟你姐一模一样！"

见儿子没有发火，诚一居然又有些得意扬扬。

下次，诚治想，下次，自己该不会真痛揍他一顿吧。然而，眼下，他只能转过头去，默默地瞪着父亲。

诚一立刻胆怯地退缩了。

"今天，要是因为您的疏忽让妈出了大事，您想想会有什么后果？你们公司的同事、咱们小区的邻居都会猜测，武家太太为什么会自杀呢？她的家里人怎么都没注意到啊？我一个打零工的还好，问题是您呢？公司的领导和下属怎么看您？当然了，表面上，大家都会同情您、安慰您，背后呢？肯定是各种猜测和传言满天飞。还有呢，就像我姐说的，邻里关系方面，妈要是不在了，您也就没有替罪羊了——就是因为有我妈这个替罪羊，左邻右舍才会在面子上还招呼、敷衍您。如果我妈不在了，他们之前干的那些缺德事也就没人知道了，人家就可以问心无愧、公然地讨厌您了吧。哼，没准为了弥补他们之前欺负我妈的内疚，他们还会变本加厉地排挤您、埋怨您——武家那个男人是个怪物，逼得自己老婆自杀了，天底下最差劲的老公！您肯定也不希望这种情况发生吧，所以，从现在开始，您必须要认真地帮忙照顾我妈，千万别让我妈死了！"

诚治慢慢地说着，好让老头子有时间弄明白自己的意思。

听儿子说完，诚一一言不发，开始动身翻找起那些寿美子有可能藏药的地方。

最后，他们终于在侧柜的抽屉里发现了寿美子藏起来的药。诚治估算了一下，让老头子监督妈吃药是两个月以前的事，从那时开始计算，晚上和睡前该吃的药大概还剩下一半。包药的纸袋里有医生的处方，对照着也大概能算出母亲最近服药的剂量。看来，她并不是从这个月开始突然停药，而是从两个月前就开始陆陆续续地减量了。

"得给我姐打个电话。"

"干吗？这点小事也要告诉她？"诚一的表情明显局促不安——不，是胆战心惊起来，"明天再说不行吗？"

"明天一早就让她去问问大夫，看看该怎么办。今天不把情况告诉她，明天她怎么问人家？咱俩连我妈明天早上是不是应该继续吃药都不知道！而且，以前她嘱咐过我，有情况的话不论多晚都要赶紧跟她联系。"诚治边说边拨通了亚矢子的电话。

"诚治啊？"听筒里传来老姐困倦的声音，"什么事？"

"咱……咱妈……今天割手腕了，还好没啥事。"

"什么？"亚矢子的声音瞬间睡意全消，"那她现在在哪儿呢？"

"在家呢，半夜起来割手腕了，割了好几十道。咱爸发现的。现在已经包扎好了，让她去睡了。"

"你俩怎么搞的？不是说药没问题，她的状态也挺好的吗？"

"赖我赖我。我最近开始找工作了，晚上还要去打工，就把照顾妈晚上和睡前吃药的事交给爸了。结果老头到点光喊妈吃药，也没看着她……"为公平起见，他也得承认自己的过失，"然后吧，前几天我也有点急躁，跟妈发了点脾气。当时想，反正她已经在吃药了，多说几句没关系。总之，就是我和老爸一个放任一个紧逼来着。我让爸看着她吃药以后，她就开始偷偷地减药量，爸后来又没怎么上心。可是，不管怎么说，家里都是我一直在忙，有时跟咱爸也说不到一块儿，家里的气氛压抑得要命，妈又以为那都是她的责任，我说了点重话全让她记心里了，还当成是她自己的问题了……"

亚矢子在电话那头默不作声，仿佛正在任由怒火狂烧。过了一会儿，她语调低沉地开了口。

诚治仿佛能感受到她那杀气腾腾的眼神直刺向自己。

"电话里不多说了。等见了面，瞧我不把他结婚戒指上的钻石给他抠下来摁手掌心里！"老姐没准还真能干出这事来，"不过，看在你总算还知道自我反省的分上，我就先给你记着这笔账。废话少说，叫臭老头来听电话！"

"爸，我姐叫您接电话！"

诚一分明是想逃避，但显然又无处可逃，只得硬着头皮接过话筒。

不用问，电话那头亚矢子上来就是一通暴风骤雨般的怒骂。

"不是都跟你们说了吗？这个病得做好长期准备！不是去趟医院立马就能治好的！越是有好转的时候家里人就越是不能马虎！好不容易病情刚稳定了点，让您给搅得全白费了！诚治不是让您看着她吃药吗？一把岁数了就会摆谱，怎么这么简单的事都干不好！我妈要有个好歹看您怎么办！诚治又要找工作又要打工，您是打算以后就让他什么都不干在家里看着妈吗？"

诚一一直乖乖地听着女儿的怒骂，一句也没还嘴。末了，只是吼了句："少这么歇斯底里的，我不是说了要去吗？"

像是狗在逃跑之前用后腿扬沙子打掩护似的，吼完这一句，诚一急忙不耐烦地终止了谈话。

"明天我跟你们去医院！"他没头没脑地发表完自己的宣言，把话筒扔给了诚治。

诚一向公司请了半天假，跟他们一起去了冈野诊所。

走进诊所大楼和冈野诊所的时候，诚一紧张得要命。诚治是早就习惯了诊所的环境，寿美子除了有点担心冈野医生知道了昨天的事会生气之外，对诊所也不再怀有恐惧感了。

"不好意思，因为有点紧急情况，没有预约就突然过来了……"诚治简短地把昨晚的经历一说，护士小姐们立刻流露出紧张的神情。

"哦，是这样啊……那请您稍等一下，我马上给您调整一下排号。"

因为亚矢子早上嘱咐过，让母亲先别吃药了。所以寿美子的举止又恢复到初次来时那种坐立不安的状态。而不久之前，她在候诊时本已不搓手，也不再前后摇晃了。

护士小姐把他们的号调到了最前面，又向其他等候着的病人鞠了一躬表示歉意，便领着他们走进了医生的诊疗室。

冈野医生用目光跟初次见面的诚一打了个招呼，又对寿美子笑了笑。

"武家妈妈，听说您又病啦？"

"啊……啊，实在是对不起啊……"

"不用道歉，其实最痛苦的是您嘛——心情一定很糟糕吧？"

"是……"

"不管怎么样，以后坚决不能再那么做了啊，跟家里人都说好了的是吧？连名古屋的女儿那儿都保证过吧？就连我，要是看不见您平平安安地来检查，也会很伤心哟。"

"是，知道了……"

见大夫像哄小孩一样慢声细语地跟寿美子交谈，诚一在一旁看得目瞪口呆。他似乎终于开始意识到，医院方面如此照顾寿美子，也说明她的病情的确是相当严重了。

"每天都怎么吃药呀？"

"早上和白天……都按时吃了……"寿美子好不容易挤出了两句话。

诚治赶忙补充："早上和白天都是我看着她吃的，因为我要找工作，还要打夜间工，晚上和睡前的药就交给我父亲照看。可能是我没说清楚，父亲只是口头上提醒她，但没有亲眼监督她服药……"

"从什么时候开始的？"

"大概是两个月前。"

听了诚治的说明，冈野医生又把头转向寿美子。"武家妈妈，晚上和睡觉前的药都吃了吗？"

"嗯，因为不太想老吃药，感觉还好的时候就……反正他爸也是有时候让我吃，有时候也不说什么……"

"哦，这么说，还全都赖我啦？"

冈野医生表情温和却目光严厉地瞪了一眼不耐烦的诚一。"请您保持安静！"

诚一不敢违抗专家的命令，打了蔫似的一语不发。

"每天不按规定的量吃药可不行哦，吃吃停停的话完全达不到疗效，那样的话，后果就没办法弥补了。没办法弥补的话，咱们就得考虑住院治疗了……"

寿美子立刻流露出惊恐的表情。"对……对不起，以后我一定按时吃药！请您原谅我这一次！千万不要让我住院啊……"

"为什么不想住院呢？"

"家里人……不想和家里人分开……他爸没人照顾，邻……邻居知道了，又要……"

"好，我明白了。那咱就先不住院，可是，一定要记得按时吃药哦。好了，那就先到外面稍等一下吧。"

护士小姐迎过来，带着寿美子走出了诊疗室。

"小伙子，这两个月有没有发现什么苗头？"

"跟我的接触中好像没有什么特别反常的举止，偶尔想让我给她揉揉手。再就是走路不太稳当……"诚治一面回忆着最近母亲的举止，一面尽可能准确地向医生描述，"不过，那都是从前就有的症状吧，大夫。您不是说，这种病完全治愈以前会时好时坏反复几次，所以，当时我觉得这也都不算异常。自从我开始打工以后，跟母亲接触的时间少了，也许还有什么情况我没注意到，另外上次我跟她发了脾气，是不是也对她造成了压力？"

"武先生，您是头一次来这里吧？"冈野医生突然转身看着诚一。诚一含糊不清地回答："唔，是。"

"就像我刚才跟您太太说的一样，坚持服药非常关键。很多患者情况稍有好转就自行停药，反而会导致病情进一步恶化，所以，为了避免您太太再次出现这种情况，一定要亲眼看着她把药吃下去才行。我们这里，因为家人不认真配合，最后引发悲惨后果的例子可不少。"

悲惨，这个词里蕴含的意义让诚一一下子老实了。

冈野医生又问："今天早上的药吃了吗？"

"还没吃。"

"很好，"看来，亚矢子的意见果然很英明，"现在吃的这些，还有你母亲藏起来的药，都要一概停掉。我调整剂量后重新给你们开药。"

"大夫，那我母亲的情况究竟怎样？"

"妄想症暂时没有复发。她好像一直很担心邻居知道了会说些难听的话吧，在家里有没有说过什么类似幻觉的话？"

"我和我父亲争执的时候她说过。说是不知道都会被谁听见，快别吵了之类的。"

"到哪儿都被人监视、家人有危险之类的话说过吗？"

"那倒不怎么说了。"

"这么说，患者的恐惧感倒没有加深。可以确定，之前用的药是对的，只是药量上需要调整，今后请你们务必当面监督病人吃药。再吃吃停停的话，好不容易获得的治疗效果就又白费了，不得不从头再来。"

医生的话里到底还是有些责备诚一的意味。妻子生病，丈夫却一次也没陪她去过医院。在医生面前，任何借口也否定不了这个事实。医生也是人，也会有爱憎是非吧。

"另外，外伤方面，我给你们写一封介绍信。请你们带她到三楼的菅原外科门诊去治疗。这种程度的伤，他们应该能处理得很好。"

诚一抢先一步，逃也似的走出了诊室。诚治看见，他的背影忽然趔趄了一下。

不用问，诚治也知道，父亲肯定是看见了待诊室里的寿美子的样子。在所有的病人当中，她的样子是那么突兀、那么不同寻常。就像是坐在一艘漂浮于水面的小船上，她身体始终在轻轻地摇晃着，同样一刻不停歇的，还有她反反复复揉搓着的双手。

在冈野医生介绍的那家外科诊所，他们为寿美子重新包扎了伤口，又开了些药防止感染。

回家的路上，诚一因为还要去公司上班，便在最近的换乘站下了车。

诚治忙从车窗里探出头去，对着他的背影又叮嘱了一句："爸，我今晚还要上夜班，晚上和睡前的药，一定要看着妈吃完！"

"知道了，知道了！"诚一头也不回地扬扬手，匆匆走进了地铁站。

"天下还有这种事！"不知从什么时候起，工地的工休变成了诚治的诉苦会专用时间。他周围的大叔们，个个都是饱尝人生酸甜苦辣、见多识广的老江湖，在工地走马灯似的换来换去的小年轻当中，居然有诚治这么个能咬牙坚持好几个月的，对大叔们来说实属新鲜。而且这孩子年纪轻轻的，就担着一箩筐的家务事，难怪大叔们由敬生怜，争先恐后地给他出主意想办法了。

那天的话题当然是关于寿美子自杀未遂的事。虽然不是什么光彩的事，与其去跟熟识的人说，倒不如跟这些素昧平生、也从未见过自己家里人的工友聊来得痛快。至少，诚治不需要再遮遮掩掩了。

"万幸没出大事啊……"

"喂，我说，你小子没事吧？扛不住了今天就赶紧回去吧！"

"嗯，出门之前都托付给我们家老头了，刚才还打电话回去确认过，问他有没有看着我妈吃药。我妈手上几十道伤口还没好呢，老头子好像吓得不轻，刚还给我回信，说是亲眼看她把药吃下去了。"

"可是，"诚治又长长地叹了一口气，一面把工友用铁锹铺匀的热沥青用重型压路机压实，"我也有做得不对的地方，明知我妈有病，还要犯浑跟她斗气。不过，要不是因为这事，我爸还是老样子，不闻不问、漠不关心……今天陪我妈去医院可是头一遭，自己的老婆都闹自杀了，才肯陪她上医院，这样的老公……真替我妈寒心！"

"你家老头说不定也是因为害怕。"

这点他倒是从来没想过。诚治惊讶地看着说这话的师傅。

"害怕？害怕什么？去医院、看病这些事都丢给我，连检查我妈吃没吃药都不管，我看他就是冷血动物！"

"嗨，你的心情可以理解，我要是在你那个年纪，早就揍他一顿了！"

"算了吧，就你那小身板，跟诚治似的还没长开呢，省省吧！"

"少打岔！"大叔挥挥手打断对方的嘲弄，又接着说，"你妈得的这种病，那是相当难治吧？你爸呢，虽然都这个岁数了，也还是精明强干的精英白领……"

"哼，精英不精英的很难说。"

"说老实话，有那么好的学历，到这岁数还没被重组靠边站什么的，当然算是公司很器重的精英分子了。"

"不过马马虎虎而已。"

诚一供职的公司是家挺有名的商社。在关东地区，他们公司的名号可以算是无人不晓。

此外，诚一在公司内部素有"鬼才"的名号，也多少说明，他的工作能力还是很被认可的。

"可就算他那样的精英白领，也有一件事，跟我们这些大老粗是一模一样的——那就是年龄。"的确，这工地上大部分人都是跟诚一年纪相仿的大叔。

"所以呢，我多少也能明白点你老子的心情。就算是我这粗人瞎猜的吧！"

大叔到底想说什么呀，诚治诧异地瞪大了眼睛。

"到了我们这把年纪，那些新东西呀、自己搞不清的玩意儿都会让人害怕。人家都觉得习以为常的东西，你自己就是搞不明白，就像是跟不上时代了，心里急得直上火。好比说，手机什么的，咱们也在用着。"说着，大叔从工作服的口袋里掏出部手机，上面还拴着条手机链。

诚治见那手机链是现在正流行的白色小猫的那种，大叔这个舞娘版本的大概是女儿送的礼物吧。

"可是，说到什么上网啦博客啦咱就彻底玩不转了。手机病毒又是啥？咱就知道个流行性感冒什么的。人家说到'论坛公告牌（BBS）'咱就以为是车站的公告栏啥的。你想啊，等你发现这世上到处都是你弄不懂的新东西，在压根儿没听说过的地方人人都用着，谁的心里不慌啊？只能干脆认命，心想，反正那些都跟咱没关系，装看不见就得了。咱好歹还能看看报纸吧，了解点社会上的事。可这两年报纸上也净是些 IT 啊、网络啊这些咱根本不懂的消息，而且还都是能上头条的大新闻，你说可怕不可怕？那不就是说，不管以后发生多大的事，咱这些人也永远都弄不明白了？"

其他的大叔也纷纷点着头。"可不是嘛！"看来，他们也都有类似的经历。

"像咱们这种粗人，也想得开，其他那些事搞不明白就搞不明白吧。可要是自己的老婆得上了那疑难杂症，孩子、大夫跟咱说这说那，咱也只能囫囵吞枣地听着，至于后面该怎么办，就只能乖乖听人家吩咐，反正人家说该往东咱绝不往西呗。可万一要是因为没听明白出了纰漏，多大后果也得咱自己承担了。到时候，就只能啥都别说了，让人随便骂呗——谁叫咱没学问，搞不明白呢！"

"你老子跟咱就不一样了，"大叔接着说，"国立大学的大学生，大知识分子啊，他就算喝点酒又能怎么样？"

"就算您说得有理，那我家老头子死不认错、对我妈不闻不问就有理了？"诚治忍不住反问。

身边的大叔们"哄"地笑了起来。"所以说你小子还是太嫩啦！"

"可不是嘛，你老子他不像咱这些人，还有条退路，"另一位大叔向诚治解释说，"他有学问，又在家挺不错的公司上班，当然心气也比一般人高些。"

嗯，诚治好不容易开始明白点了。

"你妈得的这种复杂的病，你老子以前连听说都没听说过吧？他根本闹不明白，可又不能在你们面前认输，也不能像俺们这些大老粗似的，年轻人说啥就乖乖听着。"

当初亚矢子警告过老妈病情的严重性，老头子当时是一副充耳不闻的样子。难道说，是因为他接受不了这种现实：老伴陷入一种他不能理解的危险之中？之所以对带来坏消息的亚矢子怀有抵触心理，是因为他在逃避自己的束手无策？

"忧郁症就是心理脆弱的人找的借口。"再没知识没文化的人也不会如此冷漠无情，结果母亲的病情发展真就让亚矢子不幸言中了。

面对亚矢子理直气壮、无懈可击的质问仍不敢说出实情，是因为害怕亚矢子的斥责。既不能面对用专业知识来动摇自己父亲威严的亚矢子，也不忍面对变得奇奇怪怪的老伴，于是就只好躲进自己的壳里——那种病就是心理脆弱，就不应该患上那种病。心理脆弱都是寿美子的问题，亚矢子干吗总跟我过不去？

亚矢子非要打破这个壳，让老头无路可退，难怪她会碰钉子。

"不管怎么说，哪家的老子让儿子训了都会跳脚吧——你小子想造反呐！"

"嗨，那个嘛……"诚治不自觉地抱着头，蹲下身子，"如果每个人都没有错，事情又怎么会搞成这个样子呢？"

邻居的事，他是毫无办法。可是，这次的事呢？

老姐不过是希望父亲能多了解一些妈的病情，不过是想多安慰安慰妈。可能的话，想让妈从那个环境中解脱出来。

可是，就这么点要求，到了父亲那儿却变得困难重重。

因为之前无视亚矢子的劝告，妈的病情真发展到当初老姐警告过的那样。没办法，又只好再去求老姐帮忙解决。

即便抛开这件事不说，亚矢子上次的那一番话，不仅深深地刺痛了他作为父亲的尊严，还揭破了邻里关系的实情。于是，父亲那千疮百孔的自尊心指使他再一次拒绝了女儿的要求。

但也不能因此就断定亚矢子指责父亲有什么不对啊。她和母亲一起，承受过那些来自左邻右舍的恶意。从这一点上说，亚矢子对不肯把母亲从那种环境中解救出来的父亲开火也情有可原。而自己呢，不过还是个不了解人情世故的菜鸟级社会人，又有什么资格去评判父女俩的对错呢？

"你老子，说不定很快就会洗心革面的。"

"怎么可能？"诚治蹲在地上瞥了一眼发话的人。这些大叔，明明跟父亲一个年纪，怎么就那么不一样呢？

"今天不是头一回陪着上医院了吗？"

"那倒是。"

"有学问又心高气傲的家伙们一般都信专家。你姐姐虽说是嫁到开医院的人家了，也懂得不少医学上的事，可在老子眼里，说到底还是自家闺女，不是专家呀！所以说，不管她怎么努力，她的话老头子也听不进去，潜意识里，老觉得她不过是自己养大的闺女。"

可就是这个看着她长大的闺女，现在竟敢跟自己面对面交锋，甚至还能占上风，父亲的惶恐可想而知。所以，那时只好转而呵斥诚治"乱插嘴"，以便掩饰自己的败退。而且，从那之后，父亲便开始逃避与亚矢子的正面冲突。

"可医院的大夫就不同了，人家那可是正经八百的专家，哪有病人不信服大夫的！大夫说什么你都得好好听着，这是常识吧！大夫说得那么明白，你还有什么不信的？所以，你老子再也不能像以前那样找借口逃避现实了。因此呢……"

因此呢——"我爸终于相信我妈有病这件事了？"

大叔对着诚治赞许地点点头。"开窍啦小子，你妈这次受了伤，当然不是什么好事，不过多少呢也算有点收获，就是终于能让你老子面对现实。再加上大夫的交代，他这才明白事情的严重性，所以今天开始就会老老实实地监督你妈吃药了不是？"

"可过两天一不留神他又变回老样子了怎么办？"

"那倒不一定，你也不用这么早下结论呀。不管你觉得他多么不靠谱、多么混蛋，毕竟他过的桥比你走的路还多吧。一开始就下结论，你对他的看法就定型了，那他就只能又缩回去，到那时候，他可就真是彻底地自暴自弃、撒手不管了。"

"你老头子是不好对付，不过，心高气傲的家伙也有短处，就看你会不会好好利用了。"

"那……他的弱点到底是什么？"

见诚治连声地追问，工友们一边往工地走一边冲他笑。"小孩要是把积木摆好了，你总得表扬表扬吧？"

表扬？就是说，夸夸他？哄他开心？诚治一边琢磨一边往家走。

回到家，他轻轻地开了门。从上夜班的那天起，寿美子每天都会给他做点夜宵放着。或许，正是因为她还能悉心照顾家务，诚一当初才对她的病不以为然。

诚治走到冰箱前拿夜宵的时候，发现冰箱门上新贴了一张表格，像是用 Excel 做的日历表，标题是"寿美子服药检查表"。每天又分为"早""中""晚""睡前"四栏，今天的"晚"和"睡前"那两栏里签上了诚一的名字，日历下还特地列出了注意事项。

【注：确认寿美子服药者请在对应的栏中签字】

大概是父亲在上班时抽空做的吧。一本正经，倒挺符合他的风格。

"老爸……"诚治不禁低低地叫了一声。"不能轻易原谅他，那个一心只顾自己的臭老头！"虽然老姐的话言犹在耳，但诚治心中还是涌起了一股暖流。

这不也挺好的嘛。就算他永远把自己放在第一位，能把家人放在第二位好好珍惜，也就原谅他吧，哪怕他是半推半就、误打误撞的。

诚治掏出手机，开始给亚矢子发短信。

"刚下夜班。上午爸也一起去了医院。妈晚上和睡前的药好像也都监督她吃了，回来拿夜宵的时候看见冰箱上贴了妈服药的检查记录表，老头子还郑重其事地签了字。"

发完短信，诚治拿出夜宵来加热，今天的夜宵不再是泡面了，妈给他做了炒乌冬面。

他吃炒面的工夫，手机震动了几下。

是亚矢子回的短信。她以为妈又出了什么事，吓了一跳的样子。

唉，不该这时候去惊吓她，诚治一边懊悔一边打开短信看。

"做这么点事本来就是应该的，你别轻易心软！"真不愧是亚矢子，诚治苦笑了一下。

诚治每天早上一般八点起床，这会儿正好是诚一出门上班的时间。他特意早起的原因，是等老头子走了可以和妈一起吃早饭，然后再陪着她把药吃了。

可那天他起床下楼一看，餐桌上只摆着他那份早饭。

"妈，您的饭呢？"

"我和你爸吃了。你爸说你晚上睡得晚，就别天天赶着起来陪妈吃早饭了。"

再往冰箱门上一看，今天早上那一栏里，也签着诚一的大名。

"今天早上的药吃了？"

"你爸拿给我吃的……那个表格也是你爸给我做的。真是的，太夸张了。"

手腕上还缠着绷带呢，就开始表扬他了？诚治心中泛起一阵酸楚。那天听外科的大夫说，这些伤口就算痊愈了也会留下伤疤，母亲以后就不能穿短袖衣服出门了。因为她的手腕上仍会残留着骇人的密密麻麻的丝状伤疤。

"有什么呀，大惊小怪的。早这样不就好了？犯不上感谢他！不过，如此一来明天早晨我就能多睡会儿了。"

谁知道，第二天早上，诚治反而起得更早。

"反正都醒了，索性跟你们一块儿吃吧。"说着，诚治在餐桌边径自坐了下来。

寿美子赶忙站起身，去替儿子盛饭。

趁这当口，诚治若无其事似的对诚一开口道："那个检查表，多亏了您想到。我也天天玩电脑，怎么没想到做个呢，真还挺方便的。"

诚一仍旧对着面前翻开的早报，不置可否地回了句："上班时抽空随便做的——你还在打零工？"

"嗯，那边工资挺高，我的体力也还行。工地的大叔们还夸我来着，说没见过小年轻能坚持那么久的……"

"找工作的事呢？"

该来的终归逃不掉啊。诚治一边从母亲手里接过碗一边苦笑着说："进展得不大顺利……"

"你这不是全弄得本末倒置了吗?"

"嗯,所以说吧……"

既然积木搭得不错,就该给他点小表扬,不过也得小心别太露骨,尤其是对老头子这种自视清高的人。

"下次想请您帮我出出主意。"

诚一挪开报纸看着儿子。诚治装得挺尴尬地合掌求助:"最近是屡战屡败,实在没法子了。"

"哼!净给我找麻烦!"诚一低头看报纸。

哼,明明看起来感觉不错。细想想,老头那被亚矢子打击得千疮百孔的自尊心也不是一时半会儿能修补起来的。不过,这次儿子主动开口要他帮着找工作,应该能大大地满足他作为父亲的权威感了吧。

"诚治,你爸爸工作那么忙,就别……"

诚治真想说,妈,您也太善良了吧!可妈天生就是这样的人呐。

"孩子他妈,你别插嘴。这种事,他不跟我商量还能跟谁商量?"

大功告成!诚治在心里禁不住振臂高呼,表面上还是说了句"那就麻烦爸了",便低头缩着脖子开始喝汤。

"孩子他妈,吃完饭该吃药了。"诚一走到餐具柜前,拿出早晨要吃的药递给妻子。

寿美子接过药,又往杯子里倒了点水,老老实实地把药片吞了下去。

诚一始终在一旁看着她吃药，然后走到冰箱门前，在表格里签上名。

"哇，看来我不在家也没问题了！妈，中午您能自己把药吃了吗？"诚治故意设了个陷阱，想考验一下老头子的反应。

"放屁！白天就你一个人陪你妈在家，给我老老实实地看着你妈吃药！我也不一定每天早上都能检查，所以你可别一直睡到中午才起！你妈要是忘了吃药就赶紧提醒她，别拖到午饭的时候！"

"是……"诚治缩缩脖子。

送诚一出了门，寿美子又有点哆哆嗦嗦地回来找儿子。"诚治，别老跟你爸吵架……"

"妈，今天不是吵架，是父子交流呢。我爸他也明白，没生气。"

"那就好，那就好……"寿美子像是放心了点，摇晃得也不那么厉害了。

诚治对老爸的鼓励战术大有成效。周六一大早，诚一便来叫儿子起床，受到鼓励后的兴奋劲暴露无遗。

"赶紧起来！不是说有事要商量嘛！我好不容易有点时间！"虽说也担心十点起床对于上夜班的诚治来说有点早，但儿子的恳求让诚一心情大好，也顾不上端架子了。

上一次孩子向自己求助，已是多少年前的事了？自从上了高中，子女就开始不让父母干涉他们了，诚治更是把自己的房间封闭得像一座城堡，与父母也越来越疏远。

那时诚一在家里最大的对手实际上是亚矢子。虽然诚一既没觉得女儿亚矢子已经把他当成对手，也根本没拿她当对手，可是每当他在饭桌上发表意见，接他话题的多半是亚矢子。有时，他的话未免有些挑衅，全家人里也只有亚矢子敢跟他顶嘴。

父女俩的斗嘴也经常演变为激烈的争吵，不过那时寿美子倒是一直表现得很淡定。后来，逐渐习惯了这种场面，每当亚矢子要占上风的时候，她就不失时机地挥舞毛巾①来结束战斗："亚矢子，快洗澡去！"

如今想来，亚矢子对这个家来说太重要了。虽然是个性如烈马的叛逆闺女，可有她在家的时候，家里的局面反而是最稳定的。无论从哪个方面来说，她都是这个家的灵魂人物。她心疼妈妈，而且——虽然嘴上从不承认，也同样尊敬着身为父亲的诚一。所以，到后来她才特别难以原谅诚一。

从诚治升到了大四、亚矢子也出嫁到名古屋的那年开始，原本热热闹闹的家开始变得悄无声息。出嫁前，亚矢子一再地叮嘱诚治和老爸要照顾好妈妈。

这次的事，姐之所以大发雷霆，也是因为家里的两个男人没有照顾好妈妈的缘故吧。尤其是老爸，她那么尊敬的一家之长，都没有尽

---

① 拳击比赛中，以挥舞白毛巾表示认输。

到守护老伴的责任。姐深知邻里间的险恶情形，把母亲留在家里、自己远嫁他乡的时候得多担心呐，连自己的新婚之喜都来不及享受，便怀着满腔的心事离开了娘家。

而且，自打老姐走后，老头子估计也有点失落。他本就是个偏内向的人，跟家里的其他人都无话可说。最近一年里，家里最主要的谈资就是自己干了三个月就辞职那件事，想来老头子心里也是既失望又愤怒。

倘若自己懂事的话，本应接替老姐原来的角色，好好安慰爸妈。但因为辞职的事，反而成了家中矛盾爆发的导火索。

昨天假装拜托老头子指点，估计也是自姐姐嫁人后，他第一次感到自己仍然被孩子需要吧。一切本来如此简单，可惜自己没能早点领悟。

"知道了，先吃完饭再……"

"下来的时候顺便拿几份退回来的简历！"说完，诚一就关上了房门。

诚治下楼后直奔冰箱，见表上"早"那一栏里，诚一已经签上了自己的名字。

快一个星期了，早晨这顿药只有一两次是诚治检查的。老爸似乎开始认真对待了，但愿他不会再三天打鱼两天晒网。

那一两次由诚治陪着母亲吃的药，多半是寿美子因为刚起床，没有食欲，要等着儿子起了床再一起吃早饭的缘故。

　　自从寿美子生病以来，武家的早餐菜单就没怎么变过，多半是火腿煎蛋或培根煎蛋配上圆白菜、番茄沙拉之类的。主食不是米饭就是面包，好像都变成习惯了。寿美子的判断能力还没有恢复，所以也想不起来换换花样，比如做些煮香肠啊、生菜沙拉什么的。

　　亚矢子贡献的那些主妇智慧，比如一次性多做一些家常菜放着随时吃什么的，如果不提醒的话，寿美子也根本想不起来。冰箱里的东西都堆成了山，可她每天还是不停地买东西。

　　也许老妈现在闹不清冰箱里还有多少东西？或者出于家庭主妇的本能，购物的时候遇见便宜货便情不自禁地买买买？诚治赶忙去向老姐请教。

　　本来，这也不是像他这种大小伙子应该考虑的问题。可是，因为寿美子每天都毫无选择地乱买东西，诚治不得不隔三差五地清理冰箱，把腐烂变质的食材拿出去扔掉。

　　偶尔也做个纳豆什么的吃吃嘛，诚治想跟老妈提点要求。可想想连老爸都没挑剔呢，自己当然也没资格抱怨。

　　对着面前那几样已经吃腻了的早饭，诚治正在犯愁，就听见客厅那边传来父亲催促的声音："吃完没有？"

　　老头子大概是在偷偷观察他的动静，以为他吃得差不多了，便故作镇定地摆出一副言不由衷的笑脸。

　　诚治正要收拾餐具——这些事，在妈患病之前他可是完全不管的，寿美子赶忙走过来接过碗筷。"你爸找你呢，还不赶紧过去？"诚治便乐得放手，往客厅走去。

诚一翻看了几份被退回来的简历，叹了口气。"我简直没法儿说你了，最起码也认认真真把字写整齐点吧！"

"我就是不太擅长手写嘛，这还是翻来覆去写了好几遍的。"

"字写得不好看先不说吧，写字的人有没有用心还是能看出来的。瞧瞧你写的，乱七八糟，一看就知道没用心写！"

"这还能看出来？我不信……"

见诚治还想狡辩，诚一狠狠地瞪了儿子一眼，又说："虽然说，凭你的条件，很可能第一眼就被毙掉，但是起码也要争取让人家看两眼吧！字就是给人家的第一印象。你看看你，居然还用涂改液！这是绝对不行的！你要是有个一流国立大学的文凭还好说，既然没有，就只能老老实实先把字写整齐！"

他边说边用手指戳着简历上一处抹着涂改液的地方，恨不得立马让诚治改过来一样。

"有句话叫'一期一会'①，听说过吗？简历，就是跟你应聘的这家企业的'一期一会'，不能马虎！"

"既然这样，那我还费劲巴拉地到处应聘干吗？"诚治忍不住

① 一期一会，源自茶道的心得。意为将每件事都看成是一生中只有一次，因此应以绝对的诚意对待。

回嘴。

"你这是病急乱投医，你以为人家从字里行间看不出来吗？"

诚治沉默了。的确，他早就饥不择食了，管它是什么公司，只要能成为正式员工就行。这种焦虑感既然被老头子看破，自己也没什么好反驳的。

"再有，我问你，你是不是把同一份简历反反复复地用来用去？"

这下露馅了。诚治吓了一跳，心虚地低下头。"您怎么知道的？"

"你看看，这张纸都折过多少次了，连纸边都发毛了，谁看不出来？应聘原因方面，你故意写得那么模棱两可，是不是打算不管应聘什么公司都拿它凑合？真难为你怎么想得出来！"诚一越说越气。

"不就是想着能快点找到工作，让我妈也安心吗？"

"那你就更应该认真一点！"诚一终于发威了，"哪家公司的 HR①不比你见多识广啊？就你这点三脚猫的小伎俩，以为能骗得了人家？人家一看你这简历，立刻就能看透你的心态。你不就是想着，不管是什么公司，只要能录用我就行。当然我也不一定非要死磕你们公司——是不是？"

"现实不就是这样吗？我也不一定非要去某家公司不可。再说了，我又不是应届毕业生，人家哪会在乎那些虚头巴脑的东西，只会更关

① HR，人力资源部。

心我的具体条件吧。这谁不明白啊，真是!"

"即便如此，人家凭什么录用一个连为什么要应聘都说不清楚的人? 现实情况是一回事，但是，谁家不愿意要那些对公司有热情、对工作有干劲的员工啊? 就你这份简历……"诚一说着把手里的简历嚓嚓地撕成两半，"在招聘单位看来，简直就是到处乱发的小广告! 亏你还好意思一遍遍地寄出去，连找工作都不舍得多花点心思吗?"

撕纸的声音分外刺耳，诚治满心羞愧，头垂得更低了。

诚一又拿起另一份简历看了看，叹了一口气——还是循环利用版的。

"你就不能再做份附加说明信什么的吗?"

"有……有简历还不够吗?"

"你那个简历里的内容，一看就是照着招聘杂志上的范本抄的吧?"

见自己的把戏又被老头子一眼看破，诚治如坐针毡。

"为什么想应聘人家这个公司，你总得写点像样的理由吧。就算简历里有，你再多写几句也没关系吧。现在很多公司都有网站，可以事先了解一下公司的业务范围、发展方向什么的，你不是天天就会上网吗!"

光看简历的格式，老头子就发了这么一大通脾气，还没说到正题呢。

"格式就先说到这儿。最重要的，是这个工作经验……第一家公司，为什么工作了三个月就辞职？"诚一俨然以面试官的口吻问。

"嗯，因为公司从一开始的员工培训就弄得跟修行似的，我对这种企业文化不太适应……"

诚一表情沉痛地听着儿子的回答，眉头紧蹙。"有个铁的原则，你先给我记好！"

诚治咽了口唾沫，等着挨训。

只听诚一的声音像炸雷一样飞过头顶："绝对不准说前一家公司的坏话！像你这种毕业没几天的小青年的意见，你以为人家真的在乎啊！自己还不知深浅地随便评论，说公司这不好那不好的。别说你刚入职，就算以后真有了业绩，给公司赚了钱，也永远轮不到你来批评公司！"

诚治吓得一哆嗦。"那……那我到底应该怎么回答这个问题啊……"

"虽然也有不适应企业文化的原因，但主要是因为我不够耐心的缘故。所以，自己也在反思。现在终于明白了，耐心和努力都是社会人必须具备的品质——这么说就行了！"

可笑的新员工培训，可笑的公司，换了谁都难以适应。对上一家公司没什么好说的。

诚治的这些借口，在阅历丰富的人看来其实非常幼稚可笑。可他自己呢，还以为别人都会站在自己这一边，再加上有的面试官并未反驳过他，居然就越发认定自己有理了。

"明白吗？人事部的人最讨厌找借口，你给我好好记住！"

"是。"

"不过，你这工作经验，也确实叫人头疼……"诚一接着往下看。

从辞职的第二个月开始，到开始打夜间工的三个月前，诚治写的是"从事了一年左右的零散工作"。

"你还记得都打过什么工吗？"

"那谁记得住啊？老是换来换去的……不过时间上肯定是没错。"

"那至少也要加上个括号吧，逐一列明你都在哪里打工、打过什么样的工。"

诚治开始小心翼翼地虚心请教："那要是人家问，辞职以后光是打工了，为什么没考虑再找工作，我该怎么说？"

诚一略一思忖。"就说，当然一直希望能重新就职，也一直在努力应聘。但是，因为还没有找到合适的工作，为了不依赖家里，就先靠打零工赚些生活费吧。"

"为什么打工的具体经历都省略不提了呢？这个问题又该怎么回答？"

"你是打算一点都不动脑子了吗……"诚一喟然长叹，却又不得不考虑了一会儿，"那只能说，想多了解一些行业，所以尝试了各类工作吧。然后再说点从打工中学到的东西，或者打工的乐趣之类的。然后——这可能算是你的杀手锏吧，再加上一条：近半年在陪母亲治病。"

像是怕被寿美子听见似的，诚一压低了嗓音说："你就说，'因为母亲患了抑郁症，一直在陪伴母亲治疗'。从你妈发病，到她给你姐姐打电话的那段时间，算起来大概也有半年多了。所以，这条理由也不算撒谎——'因为母亲时而清醒时而糊涂，情况很不好，所以待业了半年多，好专心在家照顾母亲'。"

"什么?！那要是人家真问到了细节又该怎么回答?"

"起初还以为是更年期综合征比较严重而已，但病情一直不见好转，就去了医院，确诊为抑郁症，开始治疗后取得了一定的疗效，所以就跟父亲分工，开始夜间打工，也重新开始尝试找工作。正是因为考虑到家中的情况，今后还是考虑找份正式的工作——这也说得通吧！"

"不过，这么说有一点会很不利……"诚一斟酌着，"这样一来，有的公司也许会担心你的家事太拖累，所以不倾向录用你。不过，反过来看，有的公司可能会认为，正因为你有家事拖累，所以不但不敢轻易辞职，反而会为了保住饭碗而更加努力工作。也只能赌一下了。另外，那些出差、外派比较多的公司也会对此有所顾虑——所以，你最好也顺便强调一下，你妈的病情已经比较稳定了，这样会好些。"

"嗯，是啊。本来我应聘的时候也基本没考虑过那些分公司、子公司比较多的大企业。"

诚治心中明白，自己是嘴硬。就凭自己那马马虎虎的大学学历，还有在社会上无所事事地晃悠了一年多的经历，应聘大公司根本是白日做梦。

诚一没理会他，继续边想边说："打夜班工倒是个好材料，你可以借此给对方这样一个印象：我可不只是在口头上反思自己缺乏耐心什么的，而是付诸实际行动，用艰苦的工作来磨炼自己的意志。"

"对啊！"

"大学期间你不是还参加过体育社团吗？或许可以借此强调一下本人体格较好、吃苦耐劳什么的……"

就这样，父子俩又逐条地讨论了性格、技能、希望应聘的职位及原因等方面的应答方案，诚治的简历终于改头换面、焕然一新。

"谢谢爸！从今往后我就重新开始，继续努力。"诚治边说边收拾起简历。

一抬头，见诚一又有点欲言又止的样子。

"您还有话要说？"

诚一躲开儿子询问的目光。"你要是发现了合适的目标，就在报纸或杂志上做个记号放那儿，也不是什么公司都行的，还是得仔细挑挑……"他顿了顿又说，"实在不行，我也可以托人帮你找找关系。"

以往听父亲这么说，诚治肯定会不假思索地脱口而出"不用您瞎操心"之类的。不可思议的是，如今他一点也不反感诚一的提议。

这是他作为父亲对儿子的关心吧。

"好，不过我还是先自己努力试试看，尽量不麻烦您。"

回到自己的房间，诚治把那些退回来的简历统统撕得粉碎。

"喂，诚治，哄你老子开心了吗?"上工的时候，工友们果然问起这件事。

诚治笑着点点头。"算是另一种鼓励吧，我跟他商量了一下找工作的事。"

"哟嗬，那更好了。对老子来说，没啥比能帮上儿子的忙更好的事啦!"

"是啊。开始我就是想让他随便提提意见，"诚治把戴着帆布手套的手指伸进头盔里挠挠头，"说着说着就变成真的跟他商量了。不过我的表现太差，对他来说不知道是鼓励还是刺激。"说着，他有点尴尬地笑了笑，"找工作的事要从头再来了。据老头子说，之前的求职压根儿就是在胡闹……"

工友们交换了一下眼神。"这么看来，说不定你小子很快就不在这儿卖命啦，那可叫人怪寂寞的!"说着，大叔们呵呵地笑起来。

"哪儿的话啊，我不过是刚动了这么个念头，还得承蒙你们照顾一阵子呢。我来干活可是要存够一百万的，没存够钱谁也别想轰我走!"诚治赶忙分辩道。

大叔们不再说什么，只是啪啪地拍着他的肩膀。

是啊，如果找到工作，就要告别这些可爱的大叔了。诚治这才体会到大叔们话中的含义，眼眶不由得微微地湿润了。

第三章

待业青年，翻身啦

"嗯……你的情况不太乐观。"

诚治开始主动出击。他在职业介绍所登了记，还坚持参加由大型人才派遣公司主办的各种招聘会。不过，每当他发现有不错的公司前去应聘的时候，对方的关注点立刻就转到那几个被问了一万遍的问题上。

"为什么在上一家公司干了三个月就辞职？"

"虽说不太适应公司的企业文化，但现在回过头想想，也有我自己不够耐心的原因。"

"早这么想就不会辞职啦，可惜呀！当初哪怕坚持干满一年呢，履历上也会好看些，才短短三个月就辞职，别人怎么看都觉得你是个缺乏耐性的小青年吧！"

职业介绍所的职员毫不客气地对他冷嘲热讽。

诚治努力控制着自己的情绪。

"你的情况勉强可以算是'二次毕业'①吧，又没有什么专业资格，可以选择的职位就更有限了。男的嘛，一般可以考虑市场营销或

---

① 二次毕业，指工作了几年后放弃第一份工作，二十五岁左右的求职者，处于应届毕业生和年纪较大的想更换职业的求职者之间。

者销售的职位，实在不行的话还可以考虑运输业。运输行业的招聘机会很多，而且比较喜欢年轻人，这一点对你倒是挺有利的。然后还有餐饮连锁店，因为很难招到应届毕业生，所以对'二次毕业'的也可以凑合着接受。"

勉强算是"二次毕业"，还得人家"凑合着接受"？诚治豁出去了，任凭对方用满不在乎的口气尽情地数落自己，一边忍气吞声地点着头，一边在柜台下面狠狠地掐着自己的大腿。

"那有没有 IT 相关的职位？"他能自己组装个电脑什么的，索性碰碰运气吧。

"偶尔会有吧——不要求工作经验的工作，不过竞争很激烈。虽然企业不需要工作经验，但如果应聘者有工作经验或相关专业资格，企业当然也愿意优先录取。"

"这样啊……"放在从前，诚治早就甩出一句"看来没有适合我的工作"便拂袖而去。可眼下，一想到母亲的病，他便打消了这种念头——虽然一直在坚持服药，但寿美子的病情还是时好时坏。据说，半年左右的坚持，在精神类疾病的治疗中还远远称不上"耐心"。

诚治最近常想起当初回便利店送还围裙时那个店长的话。"真不知道你们家家长怎么教育孩子的！"他发誓，今后绝不会再让别人有机会指责母亲。如今他才领悟到，那个店长其实是个好人。对当时吊儿郎当到处混、换了无数份工作的诚治来说，当时工作的唯一意义就是工资，其他工作态度什么的都是浮云。店长对他这样的家伙居然还不死心，天天想要教育他好好工作。可惜，自己当时不懂事，反而觉得自尊心受到了伤害，干脆放弃了那份工作。不，应该说是从那里逃跑了。

逃避应受的指责，亏你还天天把自尊心挂在嘴边。其实，你自己哪里还有什么"自尊"可言呢？高考后复读了一年，勉强考上一所文科类私立大学。好不容易考进一家公司，三个月就随便辞工？在家当了一年半的啃老族，逃避整天说教的父亲，对母亲的异样毫无察觉？

最后，还有母亲手腕上那密密麻麻的伤痕。武诚治，你又有什么了不起的呢？

虽说有老爸亲自操刀，简历已增色不少，但其中那些不堪一击的工作经验，说到底都是他自作自受。所以，无论别人如何数落，他也只能自己承受。至于职业介绍所那位职员，那种满不在乎、缺乏工作热情的做派，他也早有耳闻。据说他的服务态度之恶劣，在职介所里已经是远近闻名的了。

不过，今天他能一忍再忍也是有原因的。职介所里时常有人突然发飙，其中多半是年长的男性，一看就是求职不顺的。可是职介所里的人呢，一来躲在柜台里你拿他没办法，二来以后找工作还要常打交道，闹僵了自然对求职者不利。尤其是那些企业重组后"被下岗"的大叔，他们哪里懂得什么"网上招聘"啊。

这世上，讲不清的道理太多。所以，人人都得学会忍耐。这当然不是说对一切都要无条件地妥协，只是，每个人忍耐的对象和场合不同而已。过度忍让，只会像寿美子那样，让自己连条退路都没有；但时时刻刻只顾强调自尊，也会像诚治一样，随随便便地甩袖子走人，到头来都是得不偿失。

"今天没有什么符合你要求的招聘了，重新考虑一下再来吧。提醒你一下啊，凭你的学历和工作经验，你的求职要求有点不切实际啊！"

不知道他对别的求职者态度如何，但每次接待诚治的时候，他都是这个德行，说话丝毫没有分寸。不知是缺乏家教，还是因为自己有份稳定的工作就得意扬扬地忘了身为公共服务人员的本分。

"谢谢您！"诚治口是心非地鞠躬告辞。在现实社会中，百分之百又满足理想又保全自尊是痴心妄想，而处处都想讲个道理则更加不切实际。

当初，他对早先那家公司在培训中对员工进行分类的做法十分不屑——"那种方式根本不对嘛""这种公司怎么能相信呢""我才不值得为它卖命呢""我才是对的""大家都同意我的看法嘛""这世上应该还有其他地方会公正地看待我"，等等。当初断然离开的你，如今看起来是多么轻狂、多么幼稚！

母亲再次发病后，受到激励开始踏踏实实找工作的诚治，经常用当初那些幼稚的想法提醒自己：世上没有平等这回事，否则也不会有"各得其所"这类词的存在。假如人人都是完全平等的，那大家都去干一样的工作不就行了？那次培训中被定义为"充满热情的员工""头脑灵活的优秀分子"们，不知哪一派最终将成为公司的骨干，但至少都被公司视为有用之才。员工则需要通过实际工作来证明自己能为公司做出什么样的贡献。长袖善舞也好，猛打猛冲也好，都是公司需要的能力。但公司肯定不需要那些自认歪理、随意批评公司的半吊子。自己恰好就是其中一个半吊子，作为刚参加工作三个月的一介新丁，你有什么资格对公司的经营指手画脚？

他曾在电视里偶然看过一个特别节目，介绍一家公司采取"划时代的经营体系"，大胆听取和采纳员工的意见。当时诚治看着那些生气勃勃、干劲十足的员工，心里又羡慕又嫉妒。"工作有价值"，那些员工谈到工作时好像都很开心。话虽如此，工作总是不轻松的，但工作能让人觉得有"价值、有希望"就是他们的幸福。能在这样"划时代"的公司中工作的人，想必也都是精英。自己这种无用之人，大概永远也不可能加入这种公司。怎么样、到哪里才能被别人需要？回到当初滑落下来的原点重新开始，只能等下辈子了。况且，自己没有干出实际的成绩来，谁又会相信你呢？

诚治离开职介所，正朝附近的地铁站走时，忽然有个擦肩而过的人跟他打了个招呼："喂，这不是小武吗？"

看对方一身西装的样子，他只能猜出大概是个公司职员之类的。不过谁知道呢，还在找工作的自己不也穿着整套西装嘛。

不对，这人好像是他之前辞掉那家公司里的同事，好像还是同一届的。就是培训时带头发牢骚，说"咱们都是演员"的那位吧——诚治记不清他的名字了，只记得这位是个很聪明的笔杆子。

"真的是你，小武！我是矢泽呀！"

他自报家门，真是谢天谢地。

"哦哦，记得记得，是你啊！"诚治辞职已有两年了。

矢泽爽朗地笑着说："你是咱们那批新人里头一个辞职的，所以我对你的印象太深了！"

虽然他的话里并无恶意，但因为这种原因被人记住还是让诚治一阵不舒服。

"你还在那家公司……"

"哦，我正在跑外勤，业务量增加了，最近挺忙的。"

在那么家净搞些恶心人的培训的公司，矢泽居然待得住，而且看着还挺开心的。难道说性格决定命运？诚治这么想着，一不留神就脱口而出了："看你干得还挺开心？"

"开心什么啊，不就是打份工嘛。你现在忙什么呢？"

说起近况，大家当然都会问问工作吧。

"没什么，瞎忙……"

矢泽从诚治含糊其辞的样子中明白了点什么。其实只要回头看看诚治走来的方向，就能立刻发现那家职业介绍所。

见诚治难堪地低下头，矢泽轻轻拍拍他的肩膀。"有空吗？一块儿喝杯咖啡吧，反正我们也好久没见了。"

再拒绝就显得自己没脸见人似的。诚治赶忙点了点头。

他们走进附近一家星巴克，各自买了饮料，又找了个窗边的两人座坐下。

"你当初怎么就把公司给辞了呢?"刚一落座，矢泽就开门见山地直奔主题，"好不容易熬到培训结束，想不到你回来没几天就辞职了。"

"嗯……那份工作我干着不太适应。"

"刚干了三个月，你这结论下得有点早吧?"

"你们这种聪明人，哪会明白我的苦衷啊?"这次偶遇之后，大家大概再没什么机会见面了。既然如此，说话时也就少了些客套。而没了客套，话反而能说得痛快了。"天天被上司骂来骂去，不想被人看成落后分子呗。"

"兄弟，你就只看见自己那点事啊，"矢泽一针见血地点破了诚治的借口，"我也天天挨骂，有的人比你挨骂挨得还厉害，可是都咬牙扛着。过了两年，也都慢慢从无用变成了有用。那些彻底不行的，都步你的后尘辞职了。"

无用之人。诚治心想，恐怕在矢泽的潜意识里，多少也把自己归于这一类人了吧。

"我以为你是那种挨骂能扛过去的人，真没想到你那么傲，为点小事就辞职了。"

"那个嘛……"

不就是自我意识过剩外加自尊心太强嘛。谁都明白，新人在变成老手之前都得夹着尾巴做人，偏偏他自己就不服这个道理，结果就碰得头破血流。明明是个半吊子，还非要别人拿你当个人物，年少轻狂，所以……所以混成这个德行也无可奈何。不过，无论是多么掏心窝子的谈话，诚治都不愿向别人暴露自己的悔恨之情。

"主要是我太贪心呗，最后分配岗位的时候，忽然觉得那不是我最想干的工作，所以就……"

对诚治这番半真半假的辩解，矢泽毫不掩饰自己的不以为然。

"兄弟，你还真够天真的。"

"其实我自己也挺后悔……"

"干自己最想干的工作？这谁能办得到啊？就说我吧，本来是希望找个一流企业干技术的，可现在这家公司，你也知道，只不过是个有点名气的零件制造商罢了。而且最后分配到的部门，既不是设计也不是规划，而是销售部。这才是现实，老兄！就因为上面的人觉得我适合做销售，以后就算再撒泼打滚儿也只能做销售！你知道吗，当初我可是答应了永远不要求换部门才被录用的！"矢泽苦笑道。

诚治大为震惊。头脑灵活、口才敏捷、工作细致的矢泽被公认为他们这一批人中的佼佼者，怎么看都是做销售的好材料。人人都以为他肯定是为了做销售才进公司的。

"我还以为你的第一志愿就是销售呢……"

"别逗了，大学再怎么没名气，我好歹也是个学工科的。工科生谁愿意当销售啊？"矢泽冷笑道，"学机械工程的，最想去的当然是机械设计岗位。不光是第一志愿，我连第二、第三志愿填的都是设计部门！可是公司死活不同意，又有什么办法呢？"

诚治是学文科的，在原来那家公司最可能被分配到的岗位，无非也就是市场营销啊销售什么的。因为缺乏机械类知识，总是片面地觉得自己的竞争力格外受限制。

"不喜欢的工作，干着还有什么意思？"

"嘿哟，需要我帮你做做职业生涯规划吗？"矢泽嘲弄地笑笑，"有意思也好，没意思也好，那都是以前的理想。现在这份工作对我来说就是一种谋生手段。为了生活，必须有稳定的收入，自己的兴趣爱好什么的也需要钱。所以，我就干脆把工作当作生活需求的保障。因为它是一切的保障，所以我也必须把它干好，不能马马虎虎地敷衍。万一让公司解雇了，我的生活自然也就乱套了。"

"还是你想得开。"诚治顺口咕哝了一句。

"算了吧，少给我来这套，"矢泽自嘲地笑了笑，"工作嘛，做着做着自然就会有点成就感了。比如说我吧，一个懂点机械设计的销售，这就是我的优势。等到一旦凭借这个优势打败对手，终于把产品卖给客户，那感觉……就是一个字，爽！"

"哦，原来如此……"

"你的情况怎么样？那个……再找工作的事？"听矢泽问起，诚治不由得结结巴巴。自己那无所事事的一年半的情形，实在是说不出口。

"呃，那个嘛……其实我最近才刚刚开始找工作。"

"啊？那你这段时间都在忙什么呢？"换了谁，都会觉得奇怪吧。诚治更心虚了——还是胡乱编个瞎话，应付过去算了。

"其实是因为我妈病了，身边离不开人。我爸工作忙，没时间照顾她，最近好不容易晚上得空了，在家陪陪我妈，我这才腾出空来去上上夜班，打点零工赚点钱。"

"难不成，你当初就是为这个辞的职？"矢泽居然相信了他，无意间还替他找好了借口，"原来如此，真难为你了哥们儿。这还有什么说不出口的？你还是太嫩呀！我妈照顾我奶奶的那阵子，也弄得心力交瘁，都快得抑郁症了。"

矢泽口中偶然蹦出来的一个"抑郁症"，让诚治心里咯噔一下。

"不过，你竟然去打晚班工？真叫我刮目相看呢！我记得你是学文科的吧？"

"看不出来吧？我大学可是玩室内足球的。而且最近打工打的，体格那是相当不错啊！不信你瞅瞅！"说着，诚治绷起手臂冲矢泽晃了晃。矢泽梆梆地拍打着他的手臂。

"哇，不得了啊！干了多久了，那个晚班活儿？"

"一边找工作一边干，有半年多了。"

"够厉害的。这种能练出肌肉来的活儿，我肯定坚持不了一个礼拜。上学那会儿，我打工也只敢挑那些不太费劲的。"

"有这样的毅力，你以后肯定能找到个好工作！"分手的时候，矢泽对诚治最后说了句，便带着有固定目的地的人那种特有的、毫不迟疑的步伐走进了人群中。

大家恐怕不会再见面了，他们连彼此的联系方式都没留。

相比之下，诚治分明就是迈着败犬般的步伐了。

辞职以来荒废了的一年半时间，还用母亲的病编织了一个彻底的谎言，真是太丢人了！

回到家，寿美子步履蹒跚地走到门口迎接他。

"辛苦了！"每次诚治找工作回来，母亲绝不向他追问结果，只是用几乎没有抑扬顿挫的语气，轻声地说一句"辛苦了"。

控制语气也是需要耗费精力的。自从妈病了以后，诚治才明白这一点。所以，寿美子的那句"辛苦了"，如今只剩下声音的轻柔。

那种毫无抑扬顿挫的说话声，让听的人也感到疲惫。就像父亲诚一，虽然现在可以陪着妻子吃药和看病什么的，但平时跟寿美子也很少交谈，只是在逼不得已的时候匆匆说上几句。

用正常的语气跟毫无抑扬顿挫的语气交谈，简直就像对着无生命的物体或者还没牙牙学语的小婴儿说话一样，着实令人痛苦。也许，还不如跟小婴儿交流呢。至少，小婴儿还可以哄哄逗逗。

"就是跟你俩住在一块儿老妈才这么辛苦。你也不是不知道，老妈没生病的时候是怎么样的，现在她有病你们就过不下去了？"

亚矢子在电话里翻来覆去地说。她也知道诚一不怎么跟妈说话的事。不过，看在他现在按时陪寿美子吃药的分上，这次就没再责备父亲。

"你还是要尽量像往常一样对待妈！"

诚一能干什么、不能干什么，诚治能干什么、不能干什么，亚矢子早就做出了明确的分工。与母亲交流的任务，她分配给了诚治。

理由很简单，就是"少废话，让你做就做"。反过来说，她对于把这事交给父亲来做已经不抱任何幻想。据她的判断，老头子缺乏与人沟通的能力，一辈子都是又倔又犟的性格。活了五十五年，难不成还指望他能理解这种病的脆弱和微妙之处？

诚治心里也明白，跟声调呆板、语气中毫无感情色彩的母亲对话的确是件辛苦事。但是，这并不意味着母亲的感情也跟语调一样消失了。从母亲的遣词用句和举止来观察，还是能体会到很多她的心思。比如说，她不问诚治"面试怎么样"，而只是道一句"辛苦了"，就是为了不给找工作遇挫的儿子再增添压力。母亲的温柔体贴，与从前毫无二致。

前几天，诚治在母亲存放水电费收据的抽屉里发现了一张自己的养老金缴纳凭证。当初收到缴费通知时，诚治完全没当回事，只顾着把打工赚来的钱花在玩乐上，还振振有词地说："我这个年龄，就算交了也享受不了，不如不交。"但寿美子很坚持，说这种钱还是先交上的好，越是不知道将来会怎样越是应该提前准备。催了几次，诚治始终没有理会，她也就终于不再说什么了。诚治以为母亲就此罢休了，但从找到的发票看，母亲每个月都在按时替自己缴费——即便是在生病后情况如此糟糕的现在。

就像处理买东西等一般性事务一样，寿美子现在仍然管理着家里的银行账户之类的事。虽然，她如今反应慢了，办手续的时候总会被别的顾客催促，但她每个月都会前往银行，在周围的人充满苛责的目光里，慢慢地替儿子存好养老金。

诚一曾经提议在自己"擅长的领域"分担一些寿美子的工作，其中自然也包括处理银行的手续什么的。但寿美子坚持说"不过是取点日常花费的现金罢了，大可不必"。这是她在生病之后，难得地第一次明确表达了自己的意见。

其实呢，她是担心丈夫发现她的小秘密。诚一绝对不会像她那样，偷偷地为已经成年的儿子缴纳养老金，说不定还会向诚治追讨之前垫付的那些呢。所以，寿美子绝不肯把这份权力让出。

了解了这件事，诚治往家里交生活费时也加上了养老金的部分。至于以前母亲替他垫付的那些，只能等找到正式工作后再一次性还清了。

"诚治，把白衬衣拿来。"

"不用了，才刚穿过一回。反正明天后天面试还得穿。"

"那可不行，"寿美子仍然是语调平淡地轻声坚持着，"看着不脏，其实都沾上汗了。白衣服穿一次就得洗，不然领口和腋下都会有黄印子，勤洗着点反而能穿更长时间。"

"知道啦知道啦。"诚治一边往洗手间走，一边脱下西装外套，再脱下白衬衫放进洗衣筐里，顺便又把袜子扔了进去。

他刚脱下的西装上衣和裤子，一眨眼的工夫就被寿美子收走，用衣架挂好。

天气越来越热，诚治在家一般就穿件代替内衣的恒适 ① 牌白 T 恤和大短裤。

"就不能穿件正经衣服？"

"出门的时候穿得正式，在家里就不用那么麻烦了嘛。"

"好了嘛……"不必刻意地小心翼翼，即使担心也不能让对方察觉。这种说话方式太难了，老爸估计到现在也没学会，难怪他躲着不肯跟妈说话。

愧疚的时候，诚治就更不知该怎么说话才好了。"妈，吃药了吗？"

因为这天一早就要去职介所，所以他早上就把药拿出来放在桌上了。

"已经吃了。"

诚治假装若无其事地偷偷瞄了一眼厨房里的垃圾桶，里面有个药片已经抠出来的空包装盒。

---

① 恒适（Hanes），美国知名内衣、家具、服装品牌，以舒适著称。

"真的？"

"嗯……看看手腕就想起来了，要好好吃药。"

在寿美子狠命划伤过的左手腕上，仍残留着触目惊心的累累伤痕。诚治曾在网上看到过很多自残伤口的图片，老妈手上的伤口比那些图片有过之而无不及。

天气逐渐转暖，街上已有不少人穿起了短袖。只要是外出的场合，哪怕是去晾衣服或扔垃圾什么的，寿美子总要小心翼翼地披上件外套。幸好，当今的女性——无论年纪大小，无一不将"防止晒黑"当作天大的要紧事——诚治是担心母亲的伤痕时才无意中发现这个真理的，因此，寿美子的举止并未引起他人的注目。

"那我可就给您画勾了！"

寿美子的服药检查表，现在貌似成了诚一唯一的专属任务。每个月，他都会按时做好新的空白表格拿回家，贴在冰箱上。

诚治在表上签了自己的名字。

冈野医生那句"不按时吃药就得住院"的话似乎产生了效果，如今寿美子再也不敢在吃药的事情上撒谎了。不过，她开始治疗已有半年多的时间，服药的剂量也增加了不少。为了消除她的担心，冈野医生、诚治，甚至亚矢子都一再安慰她，她的病需要长期治疗，药量先是会逐步增加，等病情好转后再逐步减少。

诚治还在厨房里最显眼的地方贴上了一张医院的宣传单，提醒母亲即使药量增加也要按时服用。虽然不免显得唠叨，但能随时提醒寿美子按时服药与住院之间的利害关系。

"我去看看网上投递的简历有没有回信。有事您随时叫我。"

母亲心里替儿子着急，以至于落下了心病。可是，对于找工作回家的儿子，她仍然不肯追问结果或催逼儿子。想到自己今天居然拿这样的母亲来做借口，只为在一个再也不会见面的前同事面前掩盖自己的怠惰，诚治觉得自己真没脸再面对母亲。

走上二楼，进了自己的房间，诚治打开电脑。

网上有很多职介所或在线招聘类的服务。作为网络一代，诚治当然不能错过这些机会。不过，迄今为止，网上应聘的成果也不容乐观。今天也一样，没收到什么令人鼓舞的消息。他又打开职介所的官网。倒不是为了查询招聘信息，而是——今天，他准备试试从前从未用过的"问询"功能。这个功能允许求职者直接向厚生劳动省①提交个人意见或建议，只要任选"意见""要求"或"疑问"中的一项，就可以匿名提交个人意见。网站上还特地注明了"意见"和"要求"两项原则上不会给予直接回复。诚治选择了"意见"栏目。既然不会直接回复，就可以省掉输入个人信息的麻烦，在唯一的必填项——"邮箱地址"处，诚治用了个随便注册的临时邮箱。

---

① 厚生劳动省，日本负责医疗卫生和社会保障的主要部门，类似我国的国家卫生健康委员会、人力资源和社会保障部。

事项：关于东京都某某区职介所职员的有关事宜

我在此提出对某某区职介所职员的投诉

该职员某某，对待求职者态度粗暴蛮横，经常与求职者发生争吵。此人的举动极大地妨碍了求职者的求职活动，也给很多求职者留下了非常不愉快的印象。希望有关部门能提醒此人，充分理解求职者的心情，端正工作态度，为求职者提供更好的服务。

我个人的看法是，此人不适合在窗口直接接待求职者。如不能将其调离目前岗位，也请职介所方面对其进行充分培训或指导，待合格后再重新上岗为宜。

一名普通求职者　敬上

发送完毕，诚治歪歪扭扭地斜靠在椅背上，长出了一口气。

虽然并不频繁，但像这样的投诉他也提交了好几次。无论如何，他不想再看到那些中年求职者在服务窗口被那个职员挤兑得面红耳赤，也不想再看到那么多人满脸羞愤离去的表情。

自己当然不会傻到跟职介所的人吵架。不过，好歹也得让柜台里的那个混蛋知道，世上还有王法。虽然不知道这种官方的"公众投诉"会不会有结果，但终究是向那混蛋的"上级部门"告了一状，心里舒坦多了。

受那家伙气的可不是一两个人。所以，自己的投诉也算不上是私人恩怨。诚治自我安慰着，又看了看屏幕上的"投诉已提交"页面。

不过，虽然那家伙是自找的，但自己难道不是因为与矢泽、母亲的一番对话后心有愧疚，多少也有点迁怒于人的嫌疑吗？关键还是个时间问题，自己不爽那小子已经很久了，也一直有投诉他的想法。今天之所以能够付诸行动，多少也是受了"积极向上"的矢泽和事事忍耐的母亲的刺激吧。哼，一旦被送去接受"充分培训或指导"，那小子就有麻烦了。既然职介所的官方网站上设置了公众投诉的渠道，公民当然有权利发表自己的意见，他只不过是合法行使了自己的权利而已。

思来想去，诚治心头仍然充满了纠结。一方面是投诉那个职员后带点腹黑感的舒坦，另一方面是挥之不去的自我怀疑：你真的只是在行使正当权利吗？

管他呢。不想被咬，就该离老虎远一点。没事别乱发脾气招人讨厌。千万别不当回事，跟职介所那家伙似的，尤其在职场这种大家彼此知道底细的地方。

就当他是个反面教材吧。诚治的心里乱糟糟的，毫无头绪。

"老弟，今天怎么蔫头耷脑的？"晚上开工的时候，熟识了的大叔工友们关切地问。

"找工作不顺利啊?"鲁莽粗野的大叔们从不会拐弯抹角,但被他们这么直接地一问,诚治心里反而痛快了不少。虽然,母亲那种避而不谈的体谅也让他很感激。

"没戏啊——二流大学的待业青年,真是到处都不招人待见啊!"诚治一面用铁锹将翻斗车倒出来的热沥青铺匀,一面夸张地笑着回答。

"找工作,还不是去看职介所的人的脸色!"

"嗨,政府单位的人都这副德行!他们哪能体会没工作的人的难处!"

"不过,也不一定是坏事,"诚治仍是干笑着,一面挥动着铁锹,"像咱这种半路求职的,哪家公司舍得给咱这儿这么高的工资①?托各位的福,最近可真是攒了不少钱啦!存一百万的小目标,上个月已经实现了!"

"就是就是。你自己不也说过,当初是怕万一有急用的时候手里没钱才上这儿来干活的?完成任务就行!"

上次老妈发病,姐姐亚矢子回娘家帮忙的时候,一抬手就给诚治留了一百万的救急备用金。而且还说,只要是老妈看病用掉了,一分

---

① 日本新员工就业初期的工资一般较低,而有些临时性体力劳动工种,由于劳工短缺等原因,一般会给出较高的工资。

钱都不用还。

紧要关头，不用跟任何人商量，自己就能随心所欲地调用那么大笔的资金。在单身时代，亚矢子居然积累了那么强的经济实力。

虽说是女生，但姐姐的豪气真是巾帼不让须眉。

还是得赶紧找份正经工作啊。诚治满心焦虑的同时，也会偶尔冒出另外的念头：与其凑合着找份安安稳稳的工作，还不如在工地上再坚持坚持，干上一年高薪体力活儿。虽说之前制定的存款目标已经完成，但手边的存款也只有一百万多点，远达不到老姐那样二话不说就能痛快甩出一百万的程度。假如在工地再干上一年，大概就能存够三百万了。而且，为了攒钱给母亲看病，不惜长时间从事繁重的体力劳动——就凭这一点，大概也能给他的履历添点光彩。如果到那时老妈的病能够痊愈，他就可以安安心心地去找工作了。

他一边思量，一边弯腰用铁锹泼洒着沥青。忽然听见有人对他说："工长让你干完活儿去趟办公室。"

工长是工地上的最高负责人，就是那位每天在工地四处查看、说一不二地发出各种指令的"大叔中的大叔"。

老大要亲自接见一个打零工的小青年，肯定不是因为私事吧。

"工长？找我？"诚治一头雾水。

工友们赶紧指点他："工长就是那个一看谁活儿干得不对就冲过来骂人的老大——怎么样，怕了吧？"

"又没叫你，别瞎操心了！"

说归说，诚治还是有点忐忑地一直等到收工。

说是收工，其实并不能马上回家。要先到那个全部是活动房屋组成的所谓"公司总部"归还工具，然后再去更衣室换衣服，打卡后才能走。

诚治换好衣服，又去打完卡，才走进那个被叫作"办公室"的房间。

"您好！我是武诚治……"

一位坐在桌边，边抽烟边翻弄着文件的啤酒肚大叔冲他抬起头来。

一望便知，这位必定就是工长了。

"来了？打卡了吗？"

"嗯，打完卡过来的。"

"嘿，你小子，还挺一本正经的！"

这是巧合吗？家里的老头子就老被人说成是一本正经的，难道自己给别人的印象跟他一模一样？诚治吓了一跳。

一本正经？我？我哪里一本正经了？

"有些家伙啊，觉得跟我说两句话也应该算工时，都是在打卡前就溜过来了！"

"您不是让我收工以后再来嘛……再说，我觉得谈个话也花不了多长时间……"

"所以说，小事见人品。看来你们家的家教不错！"

刚刚被人说成是跟老头子一般的"一本正经"，诚治心里多少还有些不情愿。又听人夸赞自己的家教，他心头不由得一阵窃喜——那可都是老妈的功劳啊。

俩人说话间，工长已经一屁股坐在那张拍打两下就尘土飞扬的旧沙发上。诚治小心翼翼地在他对面也找了把椅子坐下。

"您……您找我有事？"

"放心！用不着那么紧张！我可没打算教训你！"

看来工长不像是生气的样子，诚治稍稍放心了点，坐直了身体。

"咱们这儿，是按子公司的编制运行的，你也知道吧？"

诚治打工的公司，是一家主要从事土木工程外包施工的企业。规模虽不大，居然好像也还有自己的总部大厦。总公司以下，还有若干分布在工地活动房屋、简陋到连地板都没铺的"子公司"。与其说是"子公司"，还不如说是堆放建筑材料和重型施工机械的场地。

"前些天，我去总部拜访社长。说起咱们公司有个小年轻，坚持了一阵子了，我挺佩服。而且又孝顺，回家还要照顾生病的母亲。"

"谢……谢谢工长，您过奖了。"

工长有点苦恼似的挠挠头。"你先别谢我，说不定，我还给你找麻烦了呢！"

"……"

"社长听说后，想把你招到总公司去当正式员工。"

诚治把到了嘴边的"谢谢"二字又咽了回去。他可从没想过，要在这家公司干一辈子。工长对此心知肚明，也没有责备他的意思。

"说老实话，真要想在总部工作又何必跑到工地来呢！再说，总公司那边是个家族企业，高管都是一家子亲戚。外人去了，顶多也就能做到个部长。工资啊升职机会也跟一般公司差不多，没准收入还更低些。所以呢，我当初宁可自己跑到这里，就图能单管一摊儿，自己说了算。"

"呃……"诚治觉得应该说点什么，忙动了动嘴，可能想到的也只是几个毫无意义的感叹词。

不过，那一瞬间，他还真有点动心。再见吧，那些费尽心机的乞求，那些劈头盖脸的拒绝！就算工资低点，好歹也能成为一名正式员工——如果今天错过了这个机会，说不定一辈子再也找不着正式工作了。

"不过，你可千万别抱多大的希望，"像是看穿了他的心思，工长一针见血地说，"你小子肯定能找着比那更好的工作。虽然可能还需要时间，可能眼下不大顺利。总公司那边，就算你干上个十年，每个月工资也不过是二十万。到时候，你也是三十多岁的人了，还要养家糊口，这么点钱好意思往家拿吗！也就是因为工资低，总公司那边的人员流动得也很厉害。"

这是当然了。家族企业，肯定事事都优先照顾家族成员了。

"因为公司规模不大，就算突然有人辞职什么的，公司根本无所谓。实际工作都扔给子公司干，咱们这边不是也分到不少活儿吗？所以呢，在总公司能待得住的，只有那些单身女员工。男人呢，如果不是他家亲戚，就根本不值得在那儿干！"

诚治隐约地感到了工地方面的强势。总公司的影响力在工地上微乎其微，而这家所谓"子公司"的业绩却一直很稳定。而且，因为工友突然辞职或者消极怠工往往会直接影响工期，工地上给工人的待遇也非常优厚。此外，这位工长显然很爱护自己的手下。

"所以我就跟社长说，把你招到我手下来，也给你正式员工的待遇。我替你编了个理由，就说你不想离开工地。估计社长不太会反对。总之吧，话我已经说出去了，你能不能考虑考虑？"

"好……好的。您能给我几天时间吗？我回去认真考虑一下……"

"嗯，你先慢慢考虑，不着急。抱歉啊，占用了你的休息时间，赶紧回家吧！"

说着，工长站起身，诚治也赶忙跟着起身。

回到家，诚治把衣服扔进洗衣筐，吃了点夜宵，顺便又检查了一下母亲的服药表。

表上都是诚一那一丝不苟的签名，看来是他在喝酒前写的。

最近，诚一把晚饭酒也推迟了，一直等到寿美子吃完药才开喝。

早晨出门打工前已经洗过澡，所以诚治这会儿只是简单地冲了个凉。父母都已熟睡，诚治轻手轻脚地上了楼。

躺在床上，他开始回味今天工长的一席话。

在那家"子公司"，作为"工长的手下"，一辈子战斗在工地上？

从打零工的角度说，工地的确是个让人心情愉快的好地方。跟大叔们胸无芥蒂地混在一起也很爽快。老妈生病时的很多郁闷，也多亏了工友们的安慰。

可是，就凭这些，自己就能去当他们的头儿吗？诚治很自然地想到了这个问题。

虽然说，自己好歹也是大学毕业，可那帮大叔会服气让一个二流大学毕业生管着他们吗？虽然现在考虑还有点为时过早，但如果真入职了，早晚都会承担一部分工地监理的职责吧。

闹心啊……要是能有个人商量商量就好了。

这种时候，能商量的人也只有——老头子了？

可是……

诚治内心隐隐地还是觉得有些不妥，几番纠结，他索性睁着眼一直等到诚一起床。

"爸。"虽然特地为了赶着和父亲吃饭而早早地起了床，但一看到诚一那张刻板严肃的面孔，诚治还是不免有些忌惮。

不用说也知道老头子是什么反应吧，诚治想。

"什么事？"诚一不耐烦地问。

诚治赶忙撤退。"算了算了，没什么。"

"大清早的别磨磨唧唧的！有话赶紧说！"诚一呵斥儿子。

"嗯……要是我在建筑公司找份工作，您觉得怎么样？"

"那有什么不可以的？是哪家中小型建筑公司吗？"

"不是，就是我打工的那个工地。我们工长昨天跟我谈话了。他们那家公司，是专门从事道路施工和自来水管道之类的土木工程的，将来想让我担任个工地监理，或者监督管理什么的……"

话没说完，诚一的怒骂就先飞了过来："放屁！"

很意外地，诚治没被老头子的怒骂吓住。"从长远来看，他们家提供的薪水待遇倒是很不错……"

"老子供你上大学，不是为了叫你去刨土挖泥的！"

"您别说得这么难听，那些一流建筑公司不也有土木工程部门嘛，不也承接政府工程外包的活儿吗？"

"你少拿一流企业说事儿！总承包商的土木工程部门干的也只不过是管理的活儿！你干活的那种公司都是人家下面的孙子辈、曾孙子辈的小承包商！更别说不是坐办公室，是天天在工地现场卖苦力！这种职位根本就不用考虑！"

"人家踏踏实实工作怎么了？您为什么这么居高临下？也太没水平了。您不是从小就教育我们不能歧视别人吗？敢情都是说漂亮话啊！"

"少废话！总之，这事我不同意！"诚一重重地把碗摔在桌子上，站起身，拿出寿美子的药扔给诚治，"今天你看着你妈吃药！"

寿美子坐在父子俩中间，像尊石像般一动不动。

老头子激动到这份上，还没忘了督促妻子吃药，到了这个岁数，居然还能有点进步，真是难能可贵。

然而——

哼，一不小心就暴露真面目了。诚治食不知味地扒拉着米饭，嘟囔着："表面上一副正人君子的派头，心里却看不起从事体力劳动的蓝领阶层，还说自己的孩子绝对不能从事那些职业！"

工地上的工友大叔、工长也是老头子的同龄人，个个都比您招人喜欢。

我好不容易慢慢地接受您，您以为是谁的功劳啊？要是没有那些大叔的鼓励和帮助，我到现在跟您还是冷战状态呢！就连工长，就是了解到您所谓的"坐正经办公室"的工作不好，才特地想法子把我从总公司要出来的。

没气量、没人情味，一样的年纪，人和人的差别怎么那么大呢！

"妈，我跟我爸就是对工作的事意见不一致，没吵架。您放心，快吃饭吧！"

诚治催促着像石化了似的寿美子。

半天，寿美子才拿起筷子，边吃边小声地嘟哝着说："你爸……是因为不放心你才说那些话的。如果你真想要那份工作，跟你爸再好好说说，他会明白的。肯定是你说得太突然了他才这么着急……"

真的吗？

诚治没有理会母亲，寿美子有些伤心。

眼看着母亲饭后把药吃下去，诚治又在服药表上签了名。

当初老头子做这个表的时候，诚治还以为他彻底理解自己了，甚至有点感激他。结果呢？还是像老姐说的，可别轻易就原谅他，还对他抱什么希望，那样只会一次次地失望。

今天的事，本来他也没有做出什么决定，只是心里纠结，想要找人商量一下罢了。尤其是想着能不能借鉴一些父母的人生经验和智慧。毕竟，他们的人生经验比自己丰富多了。

一听说是蓝领行业，不容分说就骂人，老头子真是没变。

"妈，我再去睡一会儿。"今天为了跟老爸商量早早就起来了，此时诚治困得要死。

不知睡了多久，诚治听见有人在敲门，看看时间，已经过了中午。

"诚治，醒了吗？"母亲的声音有些焦虑。

诚治答应一声"醒了"，便见寿美子小心翼翼地推开房门。

"有你的信，是一家公司寄来的……"

母亲拿给他一个信封，是之前应聘的某公司的信封。

诚治之前一直把重点放在招聘条件方面，这家公司是他第一次从招聘方式的角度进行尝试。公司大概有三百多名员工，从规模上看，应聘的门槛不低。但关键是，他们有一次笔试的机会，而且笔试的内容还是诚治最擅长的 SPI[①]。

公司本身好像是家医疗器械的制造商，虽说专业不太对口，但诚治现在作为病人家属，应该也会引起点关注吧。自然，作为文科生，在具体职位方面就不会有太多选择权了。

从母亲手中接过信封，诚治感觉跟之前那些退信有点不一样。

寿美子显然也感觉到了，不顾儿子还在休息就送了过来。

诚治慌慌张张地撕开信封，见里面是一封初试合格的通知书，最后还标明了下周面试的时间。

"初试通过啦！下周我就要去面试啦！"

"太好了，诚治，祝贺你哦！"自打患病以后，寿美子脸上第一次露出了近乎笑脸的表情。

"刚通过初试而已，结果还不一定呢，妈，您可别期待过高啊！"

"那也值得高兴嘛。你瞧，这不是慢慢就开始找着窍门了？"

没准老妈还真说对了，以后索性也挑战下中型企业试试？

一直以来，自己那份不太拿得出手的简历都让诚治心虚，应聘时只敢挑那些十几人、最多五十人规模的小企业。他觉得小公司的招聘流程相对简单，涉及的其他因素也较少，应聘者的临场发挥是最关键的因素，所以面试时一定要好好表现。

---

① SPI，适用性检查。日本企业招聘常采用的适用性测试，应聘者必须在较短时间内凭直觉回答若干文字或数字类问题，用以判断应聘者能否适应各职业的要求。

在内心里，诚治对自己社会地位的定位还停留在"待业青年"的位置上。因为之前已经有过一次作为应届毕业生就业的经历，职介所那个嘴贱的咨询顾问不是说他"勉强可以算是'二次毕业'"嘛。如今想来，索性就光明正大地以"二次毕业生"的名义到处闯荡闯荡，先挑那些有笔试的公司尝试一下。再说，第一次找工作时的那些宝贵经验——各种应试技巧什么的，老子可还都没忘呢。

晚上，诚一下班一回家，就气不顺地叫诚治下来。

"干吗呀，这么急！"诚治下楼，见父亲正在客厅里等他。

诚治刚坐下，老头子便啪地丢过来一堆宣传手册，貌似是一些企业的介绍资料。

"看看中意哪家？我拼了老命，好歹也把你弄进去。"

父亲傲慢的态度激怒了诚治。"什么意思啊？"

"好不容易供着你上了大学，现在快沦落到去施工队上班了，我再不使点劲行吗?!"

诚一没有再用早上那么过分的措辞，也许是觉得赤裸裸地表达职业歧视不大妥当。

"我……"老头子听不懂别人在说什么吗？怎么这么难以沟通呢！

"我不是说了吗？我先考虑考虑！我们工长好歹也是个领导，人家好心好意地给我份工作，我就够为难的了，您还……"喉咙一阵发紧，诚治说不下去了。

一个细细的声音接上了诚治的话，声音虽轻，却让父子俩不得不住嘴。

"他爸……诚治的意思，是想跟你好好商量商量呢……"

父子俩吃惊地回过头去，看着正在说话的寿美子。

"诚治，你也明白你爸的脾气。他不同意什么事，就会把那事说得一钱不值。气头上说了什么过分的、不该说的话，自己也不知道，过了老长时间才反应过来，又不好意思跟人家道歉……"

先得罪人，又不道歉，所以呢……就来这手？诚治低下头看看桌上的那些公司资料。

"拜托您了，爸，我暂时不需要这些。等到实在没辙了我再求您帮忙，行吗？不过，您一定得道歉。不是向我，是向那些一直都在关照您儿子的人。您不能那么高高在上地看不起他们，还说那些过分的话。等您道完歉，咱再好好商量。您也不用动用您的关系，让我觉得自己是没用的人。我挺尊敬您的，希望您能让我继续保持这份尊敬啊。"

拜托您了！诚治意识到自己居然说了这些话，还发现自己正在低头鞠躬，脑袋都快低到桌面上了。

"唉，算了算了！就当我不该说那些话……"诚一用低得几乎听不清的声音咕哝了一句，勉强算是道了歉。

诚治抬起了头。

诚一躲开儿子的视线，垂眼翻看着那些资料，自顾自用干巴巴的声音说道："有时候，我可能是爱看不起人。不过，我更担心你是因为工作找得不顺利，人家突然给你个机会，你就顺水推舟了。或者是，你觉得那份工作不错，同事也不错，别的什么都不考虑就忽然脑瓜子一热。你不是一直想找份跑业务或做销售的工作吗？猛一下子又说要去干体力活，谁能闹明白你的心思啊？！再说了，我看不惯的首先就是你那怕费事、穷凑合的心态！打零工的时候觉得那地方不错，顺便就在那儿一直干下去算了？我们公司是综合性商社，跟建筑行业也没少打交道。建筑工地上的工作薪水是高，可事故也多！而且常常是死亡性事故。你将来如果负责工地的监督管理，就得承担人命关天的责任。就凭你这种马马虎虎的性格，适合干这工作吗？！再说了，谁家的父母愿意让孩子从事高危性行业？！"

诚治听完真是一阵愤懑——早这么说不就完了吗？何至于一大早上父子吵得天翻地覆？

不过，看在母亲的面子上，他终于没再开口。老妈深知父亲的脾气，不也跟他一同生活了那么多年嘛。

"您的意见我明白了。既然我们工长说不着急回复，我就再结合您的意见多考虑考虑，谢谢爸！"

因为晚上还要开工，此时诚治已经吃完了晚饭。对父亲说完这番话，他便径自上楼回自己的房间去了。

他一到工地，便被工友们纷纷围住追问："老大昨天找你啥事？"

"嗨，没什么……"诚治支吾着。

"有啥呀，别装了，咱们早就知道了！"工友们哈哈大笑起来。

"你们就别逗我了，再过些日子，没准我就跟头牛似的被赶着卖到传说中的总公司去了！"

"哪能呢！不过，你还真得好好想想。"一个"资深"工友很认真地说。

诚治心里还在回味老爸的那番话，听见工友这么说，便不由得直起身来。

"咋了？嫌咱犯上了？你小子，现在可是工长的爱将呢！"

"总公司那边的德行你也听说了吧？"

"多少知道点。"

"咱这儿好歹也是家子公司啊，也有咱自己的社长——就是工长嘛。社长才是人家的正经头衔呢，但他不喜欢这个称呼，仅限于对外联系业务、接工程订单的时候使用。"

"人家也是大老板的亲戚！不过是远亲。当初为着点什么小事，让大老板从总公司那舒服位置上给挤出来了，发配到咱这工地上。他原本就是个勤快人，看不惯总公司那帮吃闲饭不干活的主儿，总想让工地这边能自力更生，变成家独立的公司，不用再像寄生虫似的黏在总公司身上。所以就看上你这个人才啦！"

忽然得知这么多公司的内幕，诚治不禁目瞪口呆。

工长也真够不容易的。发了一会儿呆，他想。

"变成独立企业的话，无论如何也需要行政管理和销售人员什么的吧？虽说现在有会计师暂时管着账，可其他业务部门都没人手，只好由工长和几个工程监理临时兼着。可他们还要时不时地出工地，哪能忙得过来？我看工长是打算培养你当那块业务的负责人呀！"

"可……可是……"诚治的脑子一片混乱，"工长怎么就看上我了？"

"你小子好歹是大学毕业嘛！你上的那个大学好歹咱也都听说过嘛！再说了，你们这种学生，平常谁肯上咱这小建筑队来啊！"另一个工友插嘴道。

"反正吧，你小子底子好，到了咱这儿肯定是大受栽培的宝贝！像你这样的人才，以前咱公司根本雇不起，总公司偶尔会来几个，可是给不了好待遇，没多久人家就跑了！"

这些事，工长昨天可是只字未提。

"咱们这些人，论干活不孬，可是动脑子的事就玩不转了。既然老大昨天对你开了口，铁定就是打算拿你当个左膀右臂！再说了，你这人品咱们也放心！"

从来没有人对自己评价这么高呢，诚治真有点诚惶诚恐。好不容易，他才接上工友的话："可是，我妈生病以前那段时间，我一直瞎混来着，打工也不上心，光想着什么时候干烦了就辞职……"

"母亲一生病你小子不就发奋了嘛，咱们都亲眼看见的，这还不够？"

这时，另一个工友解围道："算了算了，都少说两句。闹不好让诚治老弟在这儿连工都没法打了！"

说着，大伙儿就拿起工具，纷纷跳上开往工地的面包车。诚治也跟着上了车。

一路上，想到对公司这些内幕只字不提的工长，诚治不由得肃然起敬。

正像工友们说的，大学毕业生，无论理科文科，对这种籍籍无名，而且还是从事土木工程的小公司都会不屑一顾。雇用像诚治这种有大学学历的员工，无疑是给公司脸上贴金的事，所以在某种意义上，诚治绝对是公司极其渴望的人才。然而，工长并没有拿"未来将会委以重任"之类的话忽悠年轻的自己，而是淡然地任凭他自己做出选择。这样的上司，难怪他能获得部下的爱戴——谁不想跟着这样的领导大干一场呢？

初试合格的那家公司的面试日期终于到了。

收拾停当，诚治便出门朝着那家公司进发了。公司的所在地虽说也属于东京都范围内，却是地处西边的近郊地区。因为是家医疗设备的制造商，工厂需要足够的面积，所以公司选址时就考虑了地价相对便宜的郊区。所幸离武家的房子不算太远，通勤大约只需一小时。

诚治把工地的事暂时先抛在脑后，集中精力准备这次面试。

第一次应聘时他就注意到，公司周围全都是山，丝毫没有一点身

在东京的感觉。而且附近的车站只有轻轨站而没有地铁站，这种不大
便利的地理条件，多少也增加了公司的招聘难度。正因如此，他当初
才敢鼓起勇气应聘这家公司。

从车站到公司，大约还有十五分钟的步行距离。诚治在路上看见
几个身穿西装的年轻人，貌似也都是来参加面试的。看起来，这家公
司对年龄的要求——限定三十岁以下——是个硬指标。

到了公司，有接待员带他去等候室。诚治发现，这个职位还有
十四个人跟他竞争。过了一会儿，有位负责接待的中年女性走进来，
通知大家面试开始时间为下午一点，按五人一组集体进行面试。

眼看面试就要开始，诚治从西服口袋里掏出手机，准备关机。几
乎就在同时，手机突然震动起来。来电显示的是家里的号码，应该是
母亲打来的。

先放放吧。等面试完了再说。

可是老妈明明知道今天是他面试的日子，没有紧急情况，她应该
不会特地打电话过来吧？

诚治站起身，走出等候室，压低声音接通了。

"喂？诚治？是诚治吗？我是妈妈，对不起啊，妈妈知道你今天
面试还打电话，打扰你了……诚治，是妈妈，对不起啊……"

母亲的声音颤抖着，充满焦虑和惊恐。诚治忙追问她出了什么
事，她只是一味地道歉。

"妈，到底出了什么事？面试马上就要开始了，还有不到十

分钟……"

"药……"

"药怎么了？"诚治吃惊地对着电话那头问。

"药……找不着了……怎么找也找不着……怎么办呢？我吃完饭了，可是还没吃药呢……诚治，怎么办呀？药找不着了，妈该怎么办呀？"

"您先别急，看看旁边的抽屉里有没有？"

"找过了，哪儿都没有……怎么办呢，诚治？妈是不是得去住院了？那可怎么办？要是去住院妈妈可就……"

糟糕糟糕，老妈现在已经彻底地慌了神。诚治刚想给老爸打电话，马上又放弃了：老头子除了在电话里对着慌慌张张的老妈乱吼一通之外还能干什么呢？搞不好再像上次那样，逼得老妈出于自责又冒出自杀的念头。

"今天，就这一回，晚点再吃没关系。我面试完了就赶回去给您找，行吗？"

"可是冈野医生嘱咐过啊，每天饭后一定得按时吃药，不然就得住院不是嘛，饭后饭后，我现在已经吃完饭了呀……"

来回重复了几遍，寿美子忽然像想起了什么似的，提高了嗓音："那我现在去找冈野医生吧，跟他再要点药……"

"不行！您可千万别出门！"

诚治心里更慌了，老妈有驾照，车子也正好停在家。平时去超市买东西、上银行什么的，她都是骑自行车去。但眼下她慌慌张张的，一心只想去拿药，肯定会毫不犹豫地开车出门。

"我现在就回家啊！晚点没关系，就这么一次，赶紧补上就没事了。您可绝对不能出门啊，要是出门了我就跟您断绝母子关系！"

最后，诚治威胁了母亲一句，便挂断了电话。他走到公司大门口，见前台空无一人，便敲了敲邻近办公室的门。

那位中年女职员走了出来——面试时间不是说明过了吗？怎么这么心急？

"您好，我是今天来参加面试的武诚治。"

"你有什么事？"

"能不能麻烦您告诉一下我面试的具体时间？"

如果能安排在第一组，那面试完了就能马上赶回家；第二组面试是半个小时以后，再加上路上耽误的时间，到家就要超过两个小时了，这么长的时间，很难让母亲相信"赶紧补上就没事了"；要是更晚面试，那就……

"啊？"女职员带着一副不可思议的神情走进办公室，其他正在工作的职员纷纷向诚治投来好奇的目光。诚治只能一遍遍地对他们鞠躬道歉。

过了一会儿，女职员回来了。"你的面试安排在第三组。"

真倒霉，诚治不得不死缠烂打到底。

"对……对不起，其实我家里还有个病人，今天她一个人在家，好像突然发病了，我需要尽快回去看看。能不能麻烦您把我调到第一组面试？"

女职员又走进办公室，这次等待的时间比较长。

她回来的时候，脸上充满歉意的表情已经表明了结果。"问过人事部门了，说是没办法做特殊安排……很抱歉！"

"明白了，谢谢您。提出这么无理的要求，请原谅！那就请您帮我取消面试吧，取消原因写'出于个人原因'就行了。"

"为什么不联系家里的其他人呢？或者叫辆救护车？"对方满怀同情地向他建议，但哪个方法对诚治来说都没有用。

"抱歉，给您添麻烦了，谢谢！她的病有点复杂，而且其他家人现在怎么也联系不上……我的要求确实过分了，请您帮我跟人事部门道歉吧！"

诚治朝对方鞠了个九十度的大躬，然后一溜小跑到等候室，拿上书包。出门的时候，他仿佛感到其余十四名竞争对手的视线都射向了自己，便赶紧带上门，仿佛想要阻断那些好奇的目光。

大楼内有"禁止在走廊奔跑"的提示，诚治只得轻手轻脚地快步走到大门口。

一出大门，他便开始朝车站狂奔，边跑还边用手机拨通了家里的电话。

"妈！妈！您在家吗？"

"在家呢……今天是你面试的日子，妈自个儿去诊所就行了……

上次开车去的时候，路线我都记得呢。"

"时间来不及了啊，妈！我不面试了，现在马上就回去！您可千万别出门！冈野医生不是说了，晚两三个小时没关系！"

其实，他并没详细咨询过服药时间，但冈野医生的话对于老妈来说就是圣旨。

"可是他之前说过，现在药量增加了，一定要正确用药……"

"几分钟的误差没关系的啊，妈！"

虽说冈野医生确实提醒过他们要按时给病人服药，但少吃个一次半次的不会有什么可怕的后果吧？如果真有的话，大夫也不可能不跟家属事先交代吧？

只要不像上次自杀前那种有一顿没一顿地乱吃就没事。那时老妈只有早晨的药是诚治看着吃的，晚上和睡前的药都是毫无规律，所以才闹出那么大的乱子……

"妈！没事啊，我这就回家！您老老实实在家待着就行，什么也别动！没关系，我就回来！您千万别担心，不会有问题的！"

"可是妈妈把你的面试给耽误了吧……"

"反正也不一定能选上，今天来了好几十个人呢！再说以后机会还多得是！"诚治边跑边说，已经快喘不上气来了。他深吸了一口气，对着电话那头大喊道："谁说我没戏了？我还有大把机会呢！实在不行，还可以去求我爸呢！我先挂电话了啊，妈！您要还不放心一会儿再给我打过来。记着，绝对不能出门啊，明白吗？"

不行了不行了，已经是极限了。诚治挂断电话放进口袋，开始专心狂奔起来。

走路要十五分钟的车站，诚治只花了五分钟就跑到了。

到了家，诚治才放下心来。汽车和自行车都安安稳稳地停在车库里。

他掏出钥匙进屋，发现车钥匙已被从钥匙架上取下来放在鞋柜上——看来老妈曾经真的打算去医院了。听了儿子的劝告，还纠结了好一阵子。

在走廊的中央，赫然出现了悲痛欲绝的寿美子的身影。

"妈，我回来了！"

"对不起，诚治，打扰你面试了，对不起……"

"没关系的。妈，您到卧室休息去吧，我这就给你您找药。"说着，诚治打开了父母卧室的门。

一瞬间，他愣住了。屋里乱得像个抢劫现场。看来寿美子为了找药，不惜将整个房间翻了个底朝天。

"我怎么还休息得了啊……把你的面试都搞砸了……"

"那，妈您收拾一下卧室吧！我去厨房和客厅找找。"说着，诚治赶忙跑到厨房，再次被那里的混乱吓了一跳：厨房和客厅被翻得更厉害，所有的抽屉都被拽出来，里面的东西撒出来铺了一地，简直无处下脚。

唯一能确定的事实就是，药肯定不在平时放药盒的餐具柜抽屉或酒架上。

收拾这些东西也得半天时间，诚治于是又跑回卧室，开始询问正在收拾的寿美子："妈，您记得今天有什么事跟往常不一样吗？"

寿美子完全一副茫然无知的表情。这个问题，对于如今脑中一片混乱的她来说似乎太难回答了。

"那您从早晨到现在都做了些什么？一件一件说给我听听。"

"……起床……做早饭……爸爸起床了……诚治起床了……"

"咱们一块儿吃的早饭对吧，然后妈您吃了药，爸在服药表上签了字，到那个时候，药还在平常那个抽屉里——然后呢？"

"收拾饭桌……洗衣服……打扫房间……"寿美子节奏分明的念叨停了下来，"餐具柜里落了好多灰……最近都没怎么做过大扫除，就想着今天彻底打扫打扫……"

"我明白了，那您接着收拾吧！这边收拾完了就去收拾客厅。"

诚治特地让母亲收拾，并不是因为自己想偷懒，而是考虑到，如果不是寿美子亲自收拾，她以后会经常找不到东西，然后再次陷入恐慌状态。所以，现在诚治最多也只能在一旁帮帮忙。收拾的事，必须让母亲来完成。

返回厨房，诚治站在餐具柜的前面。药一定就在这附近，其他乱七八糟的地方根本不可能。

先无视周遭的混乱，开始想象老妈的活动轨迹。

餐具柜里落了好多灰，所以想要彻底打扫一下——首先需要把柜子里的杯盘先搬到饭桌或水槽里，再用湿抹布擦拭餐具柜里面，擦完后，再把柜里的东西搬回来，如此，餐具柜就算彻底收拾完了。

想完一遍，诚治又看了看餐具柜，发现餐具的摆放位置有些微妙的调整，抽屉里也是如此。想来老妈是一边清扫，一边又顺手整理了一遍。

那就是说，先把抽屉里的东西一件一件拿出来擦了，然后又重新摆放回去。

药是她眼下的命根子，最重要的命根子。不按时吃药，就得去住院。所以，彻底大扫除也绝对不能把药弄丢了，必定会找个单独的地方放好。

她能放哪儿呢？肯定不会是低处，那样很容易弄乱。

诚治在餐具柜前比量了一下母亲的身高，然后抬起手——啊！找到了！

果然，诚治找了一百遍的药盒就在餐具柜顶上，而且还是平时放药那个抽屉的正上方。看来母亲是打算大扫除完了再放回抽屉里去的，事后自己却忘了这回事。

母亲吃完午饭，想拿药的时候却没找到，然后立刻惊慌失措了。

不仅是病人，就算是普通的健康人也常会犯这种小错误。不同之处在于，寿美子的恐慌情绪就像从高坡上滚落的雪球，越滚越大，难以阻挡。

"妈！妈！"诚治高声叫着母亲。

寿美子踉踉跄跄地从卧室跑下楼。

"药找到了！"

寿美子呆呆地走进厨房，从儿子手中接过药盒。"我到底放哪儿了……"

"就在餐具柜顶上，估计您是打算打扫完以后再放回抽屉的。"

"唉……"寿美子低声地咕哝了一句，继而开始抽泣，"连这么点小事都记不住，净给诚治添麻烦。好不容易才安排上的面试都给搅和了……都是因为这个病……"

"我不是跟您说了嘛，没关系的，妈。这种事谁都会有，您赶紧把药吃了吧。"诚治倒好水递给母亲。寿美子接了，又从药盒里拿出饭后那份药，药都是特地按小包装分好的，没有开封，吃药的时候现开现吃，以便监督的人检查。

"我来给您打开。"诚治打开包装，取出三粒药丸递给母亲，又看着她把药咽下去。

"以后药就永远放在这个抽屉里，行吗？"他把药盒放进抽屉的固定位置，向寿美子示意了一下，然后关上抽屉，又在冰箱门上的服药表里签好名。

"咱们还得在晚饭前把屋子收拾收拾啊，妈。不然，我爸回来一看还以为家里遭贼了呢。我换完衣服就下来，您先收拾着啊！"

重新收拾完房间，已经是傍晚了。当天诚治晚上没有夜班，全家人就一起叫了外卖当晚饭。当然，老妈没做晚饭的原因对父亲诚一是保密的。

第二天，因为要上夜班，所以诚治打算一直睡到中午再起。

结果，他一早就被妈叫醒了，说是有电话找他。

"谁打来的？"

"嗯，好像是家公司。"

难道是打工的地方通知换班？诚治拿起话筒："你好，我是武诚治。"

是昨天面试的那家公司！诚治顿时睡意全消。

"昨……昨天太失礼了，很抱歉！"

"小伙子，用不着这么紧张。我是公司的专务董事，敝姓仓桥。关于你昨天取消面试的事，今天我们公司高管会上讨论过，"电话那头的男子语气沉稳而优雅，"听说是家里有人生病的缘故？冒昧地问一句，刚才接电话的是令堂吗？"

"是的，您听出来了？"诚治心想，难道就凭接个电话的短短几分钟，对方就发现了母亲的病情？还是对方很在意这件事？这么想着，不知不觉就问出了口。

"哦，不，电话里听不出有什么异常。不过，我们看过你的简历，上面说白天在家的家庭成员只有母亲，所以，我判断……"

原来如此。自己早该想到了。诚治如释重负。

"请问你今天有时间吗？"

"哦，有……今天一下午都没安排。"

"那么，请你今天下午两点钟再来一趟公司。今天的管理层会议上，有人想要进一步了解一下你的情况。"

"好的。我一定按时到。"

挂了电话，诚治跌跌撞撞地冲下楼。

"妈！白衬衫！您给我熨过的白衬衫呢？下午我要去昨天那家公司重新面试！"

跟前一天一样，因为时间还富余，诚治在家跟母亲一起吃午饭。饭后看着她吃了药后，又在服药表上签好名，没有后顾之忧地走出了家门。

再次敲响那间办公室的门后，出来接待的仍是前一天的那位女职员。她一见诚治便说："太好了！同事们都在关心你的事呢！"

"谢谢您。也谢谢贵公司给我第二次机会，我一定努力！"

女职员把诚治带到一个房间，房里只有一个体格消瘦的中年男子。

"请坐！"听声音，他就是打来电话的那位专务董事。

诚治朝他微微一鞠躬，便在一张已摆好的椅子上坐下。

"你就是武诚治吧，"对方边问边翻开了他的简历，"在第一家公司只工作了三个月就辞职，能说明一下原因吗？"

看来还真是很正规的面试。诚治挺直了腰板，回答说："虽然也有部分原因是不太适应那家公司的企业文化，但说到底，还是我自己不够努力的结果。今后，我也会把这件事当作一个教训，不断反省。"

"辞职后，有一年时间以打零工为主——没有考虑过重新找工作吗？"

对于这样精明强干的企业家，说瞎话会被立刻识破吧。这个念头从诚治心里一闪而过。"一直在找工作，但至今仍然没有找到合适的。实际上，有段时间自己的心情也比较消沉，不够积极。因为想给家里交点生活费，就开始打工赚钱，某种程度上也确实没有积极地去找工作。"

"打工时好像也换过不少工作？"

"哦，那都是因为我自己缺乏耐心，不够努力的缘故吧。"

"相比之下，你半年前开始在建筑工地的工作倒是一直坚持到现在。这种夜班工作应该是比较辛苦的体力活吧，为什么反而能坚持下来呢？"

终于触及关键问题了，诚治不得不再次从母亲的发病开始说起。

"半年前，我母亲患上了精神类疾病。据医生说，是抑郁症和其他几种的复合型疾病，病情很严重。后来还发生过自杀未遂的情况。她长年为全家操劳，把很多事情都默默承担下来，才会得这种病。说起来惭愧，直到母亲生病，我才意识到自己以往的任性和骄纵。选择夜班工作是因为工资高，不仅能赚到生活费，还能在紧急的时候对家里有所帮助，所以想要多存些钱。另外，工地的工友们对我都很照顾，所以就一直在那里坚持下来了。"

"今天通话时我也接触了一下你母亲。听说她昨天突然发病了？"

"简单地说，就是恐慌症发作了，"看来求职过程中，老妈的病情是无论如何都回避不了的话题，"她每天饭后和睡前都要吃药。昨天因为把药搞丢了，就慌忙给我打电话，正好赶上我要参加面试。因为她刚刚吃过午饭，却没在往常放药的地方找到药，就产生了很大的恐慌。"

"不能等到面试结束后再处理吗？或者，联系你父亲去处理？"

不了解这种病的人都会这么想吧。诚治大大方方地直视着董事回答："我父亲不太理解这种病，转给他处理的话，他只会在电话中埋怨母亲，这样反而会加重母亲的症状。所以，当时我不能委托父亲去处理。"

董事默默地听着。

"母亲恐慌症发作的时候，连说话都语无伦次，一面因为没有服药而坐立不安，一面又对影响我面试愧疚不已。在那种精神状态下，她还打算自己开车去医院重新开药。因为她本人有驾照，当时车子也在家，我担心她真的会开车出门，只能先去把她稳住。之前先是提出调整面试顺序的要求，后又因个人原因取消面试，的确是非常失礼！"说着，他又低了低头表示歉意。

董事接着又问："你回家后，令堂的情况如何？"

"为了找药，她把家里弄得天翻地覆，就像刚进了小偷一样。虽然我一再要求她别出门，她还是取出了车钥匙，几乎差一点就要自己开车去医院了。假如我当时坚持完成面试，后果可能就不堪设想了。"

"那么药呢？最后究竟丢在哪儿了？"

"就在她平时放药的餐具柜顶上。本来，她是怕打扫餐具柜的时候搞混了，特地放在外面，结果打扫完忘记放回去了。而且，因为放在那么高的地方，很不容易找到……"

"是这样啊。看来真是很不凑巧呢……"董事低声沉吟道，又好像是在判断诚治的话的真伪。

"最后，我想了解一下你应聘我们公司的原因。"

诚治正等着这个问题呢。或许，他还能顺便解释一下他昨天作出那种无理要求的苦衷。

"在母亲生病以前，我几乎没接触过医疗行业，最多也就是我姐姐嫁到了名古屋的一家私人医院而已。但是自从母亲生病后，我开始逐渐体会到药品、医疗设备等对患者的意义。后来看到贵公司的招聘信息，便希望投身这个行业，从事为患者提供有效的医疗产品的工作。"

"明白了，"董事深深地点了点头，"从我个人的角度，我很欣赏你这个年轻人。能在家人罹患疾病后重新反省自己，从这一点来说，在所有应聘者中，你的应聘理由是最纯粹、最直接的。不过，因为你主动取消了第二次考试，如果再给你一次机会的话，可能对其他应聘者不太公平，所以……"

"是吗……"诚治不知是该点头还是摇头。

既然如此，为什么还要特意叫我来面试？

"但是，家人发病，能应对此事的又只有自己，因而不惜主动退出面试——这种行为非常符合人性，也是作为医疗行业从业者最可贵的品质，所以，我有另外一个建议……"董事拿起手边一个准备好的A4信封递给诚治，"虽然你已不在此次招聘的人选范围内，但我们公司还有其他一些岗位也在招人，希望能以这些岗位的名义录用你。不过，这些岗位虽然工作比较轻松，但基本工资和升职机会等条件相对要略差一些。对于想要多存些钱为母亲看病的你来说，也许不太有吸引力。总之，关于这个职位的详细内容都在这里，你可以回去仔细考虑一下再给我回复。"

"好的……谢谢您。"本已有些心灰意冷的诚治听完一下子又来了精神。他差点没反应过来。"谢谢您的好意，我一定会认真考虑的。"说着，他站起身，向对方深鞠一躬。

回家的路上，诚治在车上就迫不及待地打开了那个信封。董事说的果然不假，这些岗位相比他之前应聘的条件差多了。

"如果是这样的话，贷款可就有点吃力了……"

说到底，母亲还是想搬离现在住的地方，这个愿望始终是不变的。连老姐亚矢子也赞成。

同样是医疗行业，如果请老爸托托关系，肯定能找到更好的公司。说不定，老姐在名古屋那边也能给介绍介绍。

可是，这毕竟是自己靠实力找到的第一份工作啊。而且，单从那个董事来看，这家公司好像也挺可靠的。另外，打工的工地那边的意见也要认真考虑下吧。

回到家，诚治立刻给工长打了个电话。"麻烦您，能否给我一份咱们公司的简介？然后，还要请您把将来希望我发挥的职责，以及录用条件什么的给我个书面材料？手写也没问题，我想认真考虑一下。"

说到他将来的职责，工长起初还对诚治装傻，避而不谈，等听到诚治告诉他"已经从工友们那儿听说了"，工长才假装生气地骂了句："那些嘴上没把门儿的家伙！"然后才同意。

最后，诚治又请求工长，无论如何今天先给点资料。

等到晚上去上班的时候，他发现，工长已经为他准备好了一套资料。

现在，武诚治获得了两个录取通知，两家公司的资料就摆在他的面前。

一份是大悦土木株式会社——就是诚治现在打工的地方——的资料。从简介上看，该公司是大悦土木咨询公司旗下的子公司，主要业务是承担总公司划拨的外包工程业务，此外，也自行承揽类似的建筑业务。工长特地强调后一条的用意不言自明。

另外一份资料是并木医疗技研株式会社——就是诚治一度取消面试的那家医疗器械制造商——的公司简介。

诚治把两份资料平铺在床上，盯着封面发了会儿呆。

今天是周末。老头子没上班，估计正在楼下打围棋谱。

诚治拿起两份资料下了楼。

"这么早就起来了？"休息日，诚治一向要睡到中午才起床。见儿子不到十点就下楼来，寿美子有点慌张——她没准备诚治的早饭。"早餐能稍微等等吗？"说着，她便赶忙打开冰箱，准备做饭。

"不用做了，妈。我直接吃午饭就行了！"诚治让母亲别忙了，边说边走到客厅，在诚一对面坐下。

"爸，我有事想跟您商量。"

听儿子这么说，诚一抬起头，脸上是难以掩藏的欣喜之色。

"您可别再发表什么歧视性意见了啊，"诚治先将了父亲一军，然后递上两份公司简介，"这是目前为止已经内定要录用我的两家公司。大悦——就是我现在打工的那家，并木——是最近面试合格的医疗设备厂商。"

诚一扫了一遍两份资料，板着脸比较着两家公司的录用条件。

并木医疗，企业本身比较有实力，但录用职位是制造组装的轻松岗位。说白了就是组装工，不是很有吸引力。

基本工资每月十六万，升职机会比别的职位要慢，但胜在工作时间定时定点，这大概也是制造商的特点吧。社保完备，上班如果乘坐公共交通的话，还有全额报销的交通补贴。

大悦土木，就是现在打工的地方。大悦的资料全部是工长手写的，字体却意外地漂亮、简洁，而且还是竖写的。

基本工资每月二十五万，实际到手金额不少于二十万。职位是行政管理，后面还用括号标明"含销售和企划"。

两家公司都是每周休息两天，其他条件，诸如社保福利、工作时间等也都大致相仿。大悦方面另有加班费的附加条款，一望而知加班不可避免。交通补贴，两家则完全相同。

"大悦土木这边，你一直说是从事现场监管什么的，看来情况完全变了嘛。以这种规模的公司来说，他们的条件算是破格录用了。"

"这个嘛……"诚治小心地解释，"大悦的母公司就是这家叫大悦土木咨询的，是个小气的家族企业。工程现场都是大悦土木株式会社单独负责，邀请我的就是大悦土木株式会社的社长兼工长。他将来打算脱离光拿钱不干活的总公司，自己独立，整体规模也要扩大。所以，现在就要打算为完善组织结构准备人手。工长的意思是想把我作为公司储备的第一个业务管理人员。不管怎么说，以他们现有的规模，而且还是一家从事土木施工的公司，很难招到大学毕业的员工，所以开出的条件就相当优厚了。"

"光有个大学文凭也不一定能拿到这种录用条件，看来他们对你的人品和工作态度还算满意。这就是认真工作了半年的收获吧，"诚一极其含蓄地夸奖了儿子一句，接着又说，"不过，并木那边也不是完全没有机会。一般来说，工厂不愿意雇用大学毕业生，组装工作用外包劳务就能解决问题嘛。只有真正考虑提拔的人才会正式录用。所以，说到底，有没有成长空间，能混到哪个级别，关键还在你自己。如果公司认可你是个可造之才，说不定升迁起来也会很快。不过，他们的录用条件确实差了点，就算将来升到同等级别，工资也有可能低得多。比如说跟你同一年进公司的人，想要赶上人家的工资水平就很难。再说，公司也不可能为了提拔你采取特殊手段。"

"是啊，所以怎么看我都觉得这家不太好。"

"不过要论稳定的话，肯定是并木好得多。大悦的经营虽然看起来还算稳健，但毕竟规模太小。总之吧，"诚一最后总结道，"两家公司各有利弊，你觉得哪家更有吸引力？"

"吸引力……那要看什么方面了，"权衡再三，诚治才敢开口，"并木那边吧，自从我妈生病以来，我倒是体会到了医药对患者的重要性。所以如果从帮助病患角度来看的话，加入医疗行业也挺有意义。另外，就算是在工厂当组装工我也能接受，唯一的缺点就是工资太低。"

因为母亲而失去了面试机会那件事，是万万不能跟老头子提起的。

"大悦这边呢，从同事关系和上司的角度来说的确很有吸引力，尤其是社长，很有威望，大家都愿意在他手下工作。其次，如果将来能因为我的努力创造更多新的业务机会也挺不错。老实说，现在公司的管理上还有很多地方不大正规，就是不知道将来能发展到什么程度。”

“在组织结构完善之前，人家可能会拿你当万金油，什么活都得干，而且肯定会很累，说白了，就是把你往死里用。这点你考虑过没有？”

“嗯，我知道。不过，我觉得，越是在小公司，越能够看到自己工作的价值。”

“你自己这不是已经拿定主意了嘛！”诚一低声咕哝着，“既然你最看重的不是录用条件，我也就没有什么可说的了。事到如今，能把你当个人物看的公司也不会再有第二家。就凭你的工作经验，别说外面的公司了，就算是并木也不一定非你不可。”

“那，如果动用老爸您的关系，我能拿到什么样的条件？”

“比并木好点，但肯定达不到大悦的程度。也就是略低于你第一家公司的水平吧。”

诚治终于下定了决心。既然全日本最看得起自己的就是大悦，那就去他们家干吧！

“谢绝并木的时候，别忘了给人家写封道歉信！”

“当然啦，那还用说！”

诚治谢过老爸，站起身来。

虽然明知自己的字写得不怎么样，诚治还是拼了老命亲手给并木写了一封道歉信。装有资料的信封里有那位董事的名片，道歉信就寄给他吧。

在信中，诚治坦率地解释，自己一直想满足母亲的某个愿望，而现在的录用条件，恐怕很难实现这个愿望。思忖再三，好不容易才把信写完了。

就这样，在辞掉第一份工作两年之后，在老妈生病半年之后，徘徊在待业青年和"二次毕业"夹缝里的武诚治，终于成功地完成了身份转换，成为大悦土木株式会社的正式雇员。

第四章

待业青年，上班喽

作为正式员工上岗的第一天，工长就告诉诚治，多买几身便宜的西装预备着。大概是因为经常要出入施工现场，衣服免不了会弄脏。另一方面，作为行政管理人员，又必须通过服装与施工作业人员有所区别吧。

"拜访客户的时候就穿身好点的西装。平时在公司的时候，买几身那种裤子可以换着穿的便宜货就行。"既然公司有明确要求了，诚治便去定做了几身这类西装，挂在公司的更衣室里当作工作服。

公司共有三十七名正式员工身份的施工人员，最高领导是社长兼工长，他之下还有三位董事级别的工程监理。加上最新录用的正式员工武诚治，大悦土木工程株式会社的员工总数如今增加到了四十二人。

之前已经"工长、工长"叫习惯了的社长全名叫大悦贞夫，三名工程监理分别是坂东典夫、新保利治、糟谷康男。

一上班，诚治就迎头遇上了上早班的施工组，其中大部分工友都是诚治打工时的老相识。

听他们对自己喊着"哦哟，你小子还是穿西装好看"，诚治心里不由得泛起一阵奇妙的感动。

走进办公室，三位工人打扮、仿佛走错门的董事级工程监理正要动身去工地。见了诚治，便梆梆地拍打他几下，说了句"小子，好好干"。这做派，简直和工地上的大叔们一模一样。

当屋里只剩下社长和诚治时，社长照例又坐在那张尘土飞扬的旧沙发上跟他谈话。

"大致说来，建筑行业也是细分成很多领域的。最基本的划分就是土木和建筑两类。土木主要是道路工程、隧道工程等'看不见的工作'；建筑呢，就是指高楼大厦那些'看得见的工作'。咱们公司主要做土木工程项目。"

"同时兼顾两个领域很难吧？"

听诚治这么问，大悦社长微微一笑。"看来你小子还真做了功课。"

诚治也笑笑。自从答应了大悦社长后，他就去买了些简单的入门书籍，提前做了预习。他大致了解到，虽然同属于建筑行业，但这两个领域所涉及的工程管理、安全监理、材料价格和质量，以及所使用的工程机械都大不相同。大型建筑公司往往同时分设两个部门，但部门之间基本互不干涉。

"我再说说公司内部的情况。首先是总公司那边——大悦土木咨询公司的事。虽说他们跟我们实质上是同一家族的企业，都算是大悦集团下属的外包公司，但我们两家之间完全独立，各不相干。所以呢，总部虽然号称是集团公司，旗下也只有两家企业而已，"说着，大悦社长苦笑了一下，又接着介绍说，"对咱们公司来说，大悦土木株式会社就是咱们的总公司，对外联系的时候都这么说。公司规模方面呢，大悦土木咨询公司一般作为大型建筑公司的第三级承包商，就是孙子辈的，咱们又从他们手里承接外包工程，是第四级承包商，就变成曾孙子辈了。另外，咱们还有些没经过大悦土木咨询公司转包、自己拿到的工程，也算是项目里的孙子辈外包方。"

"那我们跟大悦土木咨询的关系对外怎么说？"

"他们是发包方，或者叫中介，一般就称呼他们为大悦咨询。因为那边只做咨询和中介业务，公司的规模比我们还小。不过公司名里带个'咨询'的名头，装装门面。这些事情，客户大概也都知道，所以，咱们两家实际上都是半斤八两。"

"之前听您说，公司还没有财务部门，那平时的税务处理……"

"税务的事情跟资金运转什么的，都统统委托给大悦咨询代管。公司的内部账目，就由我像家庭主妇记流水账似的先凑合着弄弄，员工的社保什么的也全都在那边托管。将来，这些事务性的事情咱们都要收回来，反正大悦咨询那边转过来的项目越来越少了。等到咱们自己能拿到更多的订单后……唉！这些以后再说。眼下咱们暂时还离不开他们的订单。简单说吧，就是大悦咨询拿到项目后，扣掉中介费和各种管理费，再委托给咱们。

"对了，我先把该给你的东西给你吧。"说着，大悦社长站起身来，打开放在办公室门口附近的一个文件柜。柜门上贴着张标签，标签上写了个"武"字。

社长从柜子里拿出两件工作服夹克衫和一盒名片。"在公司的时候就换上工作服，西装外套很容易弄脏。换季的时候还有其他类型的工作服。至于你的职务嘛，先这么写，你看行不行？"

诚治从名片盒里取出一张横排的名片，见上面印着：

大悦土木株式会社业务部主任武诚治

哇，一上来就是个主任啊！诚治不由得有点发虚。"一开始就是主任，这不太好吧……"

"为了公司形象嘛！既然咱公司第一个业务部门已经开张，有个头衔什么的总比没有好。你年纪轻轻的，职务里真带个什么'长'字也有点夸张，所以这个万无一失的'主任'头衔正好啊！将来我还希望你能负责财务方面的工作，不过眼下从行政到销售什么的你都要学着做做，也符合'业务部'的名号嘛！"

只有一名员工的业务部，光杆司令的业务主任，有意义吗？

"将来你如果能帮我把财务管起来就更好了，就先从记账开始吧。将来，如果能拿个建筑业会计师资格的话，对公司的作用就更大了。跟咱们同等规模的企业，基本上没有在这方面下功夫的，有建筑业会计师的就更少啦。有这么个人，将来接项目的时候跟银行办交涉绝对有竞争力！"

诚治马上想到家中那位人称"会计鬼才"的老爸。至少在记账方面，家里现成就有个好老师。

真是世事无常，从前一想起来就让人头痛、至今都不能彻底原谅的老头，以后将会是自己最好的老师。尤其在财务方面，他简直就是本活教材嘛。

"明白了，我就先从记账开始学起吧。那，今天需要我做什么？"

"先考虑考虑怎么提高利润的问题吧。咱们公司的很多人一贯大手大脚，浪费应该不少，你先考虑下怎么降低这些无谓的浪费。"

"好。不过……有没有可以参考的内部资料呢？"

大悦社长指了指墙边并排放着的几个满满当当的文件柜说："都在那里。"

"呃，方便的话……有没有电子文档？"

"只有一部分是用文字处理机和电子标签机做的。"

"那些恐怕没什么用吧！"诚治不由得脱口而出，"作为业务部主任，我现在向您申请配备必需的业务设备。请您马上买台电脑吧！"

"电脑？那跟文字处理机有什么不一样？"

"根本是两码事啊！现在哪还有业务部门连电脑都不用的？这么多年的原始数据，还都是纸质版的，什么利润率呀效率呀，即便从现在开始了解，我也得看上几年才能摸清门道啊！"

就算年纪大的人不太了解电脑之类的事情吧，可工长好歹也是个老板，怎么也这么跟不上潮流！另外，还要尽快把网络装上，申请手续和布线什么的就自己动手吧。

武诚治主任，就职大悦土木的第一项工作，居然是开着轻型卡车到附近的家电商场买电脑！

他先是挑了一套配置适中的电脑，然后又买了需要配备的外设。因为电脑是公物，不能带回家用，所以他另外又买了个数据备份用的大容量移动硬盘。想到公司那塞了好几柜子的纸质版文档，如果人工录入的话，他最少也得忙上一两个月，于是又赶紧买了一套文字识别软件。至于内部局域网什么的，还是等到业务部上了规模再说吧。

电脑的系统设置什么的，他自己都能搞定。所以，诚治买完东西就直接装上车拉回了公司。

整整一天，他都在忙着配置办公的基础设施。安装网络还需要几天时间。不过，不依靠网络能做的事情多着呢。

他大致地浏览了一下那些纸质文档。总体来说，都是些合同书、项目表和单据凭证什么的。不是手写的就是用文字处理机打印的。文件柜的架子上或文件夹的底部都贴有标签机打印的文档分类和日期之类，好歹省了一部分分类查找的麻烦。

想要提升利润的话，首先要把过去几年的工程记录进行数据化处理。

文件柜里塞满了最近七年的原始文档。

"工长，为什么只有近七年的资料啊？"

"啊，那不是税务局规定的嘛！照他们的规定，所有的报税资料必须保存七年，所以就把大悦咨询那边送过来的报税材料和公司这边的单据凭证都放那儿了。另外还有合同法规定的合同保存期限是十年，所以，八到十年内的资料都另外打包放到储藏室了，超过规定期限、不太重要的文件就直接销毁了。"

好吧！诚治决定，先整理近两三年的资料。他大概看了一下文字识别软件的使用手册，基本掌握了软件的用法后，便从当年一月的文档开始整理。

合同书、项目表……一律按日期分成单独的文件夹；采购材料的单据，则不分种类，先按日期分别保存。说真的，光是要弄清楚这些单据的种类也够费事的。先用软件把这些文档一股脑地扫描、保存到电脑里再说。

文字处理机打印的文档读取起来很快，而且几乎没有错字漏字。手写的单据之类就特别麻烦，不是识别错误就是无法识别，诚治不得不费劲地一一手工补录。

然后，最大的难点是工程表。凭诚治在工地打工时的经验，工程计划往往是一改再改，工程表被反复修改也是家常便饭。原表格上手写的内容，被不断地用双横线、叉子等画掉重写，原来的字迹完全无法辨识。

诚治只好逐一清点、核对，然后设置好文档的日期和文件名，再统统保存到新建文件夹里。等到把一月的数据整理完毕，才发现已经到了下班时间。

也许是考虑到今天是诚治上班的第一天，大悦社长整整一天没离开公司。他将信将疑地一直问诚治："电脑真有那么大的用处吗？"

"当然了，现在就已经发挥威力了！您再多等几天吧。"

至今还以为电脑和文字处理机没什么不同的大悦土木的各位，过两天你们一定会大吃一惊的！

"好了，你第一天上班，今天就到这儿吧，可以走了！"

工作是刚好告一段落，可诚治还想趁着这股热乎劲赶紧再扩大战果。

"不忙，我再弄一会儿吧……"

"你今天中午不是没回去吗？赶紧收工，回去看看你妈怎么样了！"

公司离家不太远，午休时间足够诚治回去吃个午饭再赶回来。大悦社长特别批准诚治中午可以回家吃饭，顺便照看一下母亲。不过，今天因为太忙的缘故，中午诚治只是给家中的母亲打了个电话。

"那我能把资料带回家做吗？"

已读取的数据全都以 Word 或 Excel 形式保存好了。不过，想进行数据分析的话还需要进行一下加工。

"随便！别对外泄露就行！"大悦社长对这些完全无所谓，直接把球踢给了诚治。

诚治把需要用的数据都拷贝到在家电商场顺便买的 U 盘里，同时又在移动硬盘里做了下备份。

看见诚治从 USB 接口上拨出来的 U 盘，大悦社长吃惊地瞪大了双眼。

"今天整理的资料全都存在那个小玩意儿里头啦？"

"嗯，今年一月的数据全都存进去了。以后还能存更多呢，至少最近两三年的资料都没问题。不过今天我只是把回家要做的那部分存了而已，容量还有富余。"

"所有的资料，都能弄到那台电脑里去？"

"也不见得。有些政府文件什么的，还是需要纸质的。另外，如果客户那边用手写的，咱也不能要求人家再回去打印一份吧。咱们公司对外的单据或文件，倒是可以用电脑来做，随时都能……"

"要想看着正规点，用文字处理机做不就行了？不行再盖上个公章！"

刚刚对电脑的印象有所改观的大悦社长，瞬间又站回中老年人的保守队伍里去了。

"仗着'童言无忌'，我就跟您直说了吧！现在谁还用文字处理机啊？那可太落伍了！就算是处理文件，电脑也比文字处理机方便多了！绝对的！"

"真的？"

"您不是说，我的名片也代表公司形象吗？文字处理机对咱们的公司形象可是大大不利。毕竟现在早就是电脑的时代了。而且，电脑还能做数据分析，不单单是看着正不正规的问题。反正吧，它的作用大着呢，明天我就演示给您看！"

诚治每天骑电动车上下班，为的是防止母亲骑车。发病之前，寿美子也经常骑这辆车外出，家里人担心她在什么地方还留了一把钥匙，所以干脆让诚治每天把车骑走。至于汽车，自打上次寿美子闹着要自己去医院后，家里就多配了一把车钥匙，父子俩上班的时候分别带走，为的是防止寿美子吸尾气自杀。好在寿美子一直觉得车子是诚一用的，从前就不怎么开车，也不曾留意到父子俩藏起钥匙这件事。

这天，诚治下班回家，刚把电动车推进车库，就听见背后传来了一声语气夸张的"哎哟"。回头一看，是住在后院的西本太太。见她只是随便地穿着一身针织衫，诚治估计，她不是去散步就是要顺路去附近的什么地方。

"诚治啊，很少看到你穿西装呢。工作的事情终于定下来了？"

诚治总算见识到了，什么叫虚情假意背后的恶意。

"嗯，是。"

说罢，诚治准备进家门。

西本太太却追了上来。"不过啊，诚治君……"

"您还有什么事？"不过什么啊？诚治满心厌恶。尤其是从老姐那儿得知了邻里关系的内幕之后，更懒得去敷衍这些讨厌的邻居。

"你妈妈最近是不是有点奇怪啊？"

难不成这个坏老太婆以为我还是那个用过期的干巧克力就能打发的傻小子？

"最近吧，她看着有点不对劲，你没发现吗？"

觉得我比亚矢子好打交道是不是？见对方分明没把自己放在眼里，明摆着被轻视了，诚治心里十分不爽。

"有点不太对劲？嗯，具体是哪里不对劲？"

西本太太盯着诚治看了看。诚治大概比她高出二十厘米，老太太貌似有点胆怯地往后退了退。"哎呀，你没感觉到就算了，没事没事，就当我没说好啦！"

"那怎么行？我还想问问您呢，你们要是看出来什么请务必告诉我。"

反正在这个社区里也没朋友。上初中之前，还得勉强应付社区的各种集会什么的。一上高中，大家就各忙各的，互不通气了。现在谁还会关心别人都在干什么呢。

见诚治目光炯炯地直视着自己，西本太太愣住了。她好像刚刚明白，如今的诚治，已经不是当年那个用几句虚情假意的漂亮话就能哄骗的小屁孩儿了。

"所以……那个……就是说……稍微有点不正常。"

"我妈得了重度抑郁症。"诚治直视对方，坦然地说。

反正这些人一天到晚都在窥视着母亲，寻找可供他们背后议论的谈资。既然如此，也没必要再遮遮掩掩的。

"她现在精力很差，精神上、身体上都很脆弱，还要定期去看心疗内科。如果您觉得这样的病人属于不正常的话，那她现在的确是处在不正常的阶段。"

"我……我们不是那个意思……"

"你们？看来关心她的还不止您一个人呢，你们一直在观察我妈的动静吧？"

西本太太明显地流露出失言后的懊恼神情。

"那就请你们顺便也帮忙留心，别让她再有自杀的行为。"

西本太太目瞪口呆。

"哦，她曾经想要自杀来着，好在没成功。在这么和谐的社区里，如果发生家庭主妇自杀身亡的事件，警察应该会介入吧。媒体也不会放过这个特大新闻。"

虚张声势很重要。所以，诚治不惜夸大事实来吓唬他们。

"她当时还写了遗书。媒体来采访的时候，我肯定会把事情的原委全都公诸于众，"诚治一脸微笑地说，"我妈是个内心柔弱的人。有时候，我真希望她能像你们那么铁石心肠。因为，万一再受到什么刺激，我怕她又会去上吊或割腕什么的。所以，如果你们在背后乱嚼舌头……"

"哎哟，你……你是说这都是我们害的吗？"

"哪里哪里，我只不过是说，请你们别去烦她，让她安安生生过日子。就当她是空气吧。比方说，在路边看见一只小猫，一般人是不

177

会去把它捉过来，剪掉它背上的皮毛，或者把它全身涂满机油的吧？那不就是虐待动物的变态吗？电视新闻里最近常有这类事件的报道。唉！现在的社会还真是什么怪人都有呢！"

西本太太脸上的肌肉抽动了几下。也许，那个凶手就是她？或者她知道凶手是谁？

"我们小区里都是善良人家，应该不会有这种二话不说就虐待小动物的变态吧。所以，麻烦您转告'他们'，就当我母亲是路边独自走过的小猫，放过她吧。当然，如果各位心胸还能更开阔些，善意地对待她就更好了。否则，万一今后她又发生什么不幸，电视台呀报社呀来采访的时候，我也只能把她当初那份遗书全都公诸于众，也算是配合警察调查取证吧。"

"你母亲的遗书上都写了些什么？"

西本太太收起了旁敲侧击的假客套，甚至都忘了掩饰自己的心虚，急忙追问诚治。

"肯定不是因为家庭内部矛盾，"诚治笑道，"您还是祈祷这种事永远别发生比较好。如果我妈出了事，就算您不问，我和我姐也会把事情原原本本地说出去！

"您还有什么想打听的？"诚治客客气气地补了一句。

西本太太像是明白了他的意思，有些发抖。"没……没什么。你母亲的事，实在是太不幸了……请她务必多多保重……时候不早了，我……"

家庭主妇们的世界其实很小。落荒而逃的西本太太心中，此时正一幕幕地流淌着过去她们干的那些恶毒之事吧。

就算到时候，电视台给他们的脸都打上马赛克，周围的人还是能辨认出所有的细节。

某家庭主妇因不堪邻居的欺负自杀身亡——只要新闻里一曝光，这个社区里所有的人都会被看作逼死无辜之人的凶手，遭到全社会的鄙视和憎恶。

所以啊，太太们，可别把我妈当成小猫，可以任由你们欺负，就这么简单。

担心那封根本不存在的遗书的话，你们大可以私下再开个嚼舌头大会，商量商量我妈真自杀了你们该怎么办。"因为我的存在，让周围的人觉得不高兴……对不起……"这样的遗书，曝光了以后会产生什么样的效果？你们自己想想吧！

就算我家老头子在酒席上闹得不成体统，你们也没权利踩在拼命给你们道歉的老妈头上作威作福，没权利指使那些小王八蛋把我们姐弟丢在深山老林，还偷走和烧掉我的玩具，更没权利残忍地伤害我家的小猫。

看不起我们也罢，全体孤立我们也罢，从今往后，除了维持面子上的客套，最好少操心我们家的事！我们再也不会夹着尾巴做人！把事情搞砸的是老头子，你们讨厌他是他活该。反正，就凭他那万幸的糊涂蛋德行，连社区亲睦会都不邀请他了他还毫无察觉，活得比谁都得意。

再敢越线一步，我妈就是你们的地雷！

"我回来了！"一走进家门，诚治就闻到一股烤肉的香味。

"好香啊——妈，您做牛肉汉堡了？"

"是啊，今天是诚治第一天上班，所以要庆祝一下……诚治你不是最爱吃牛肉汉堡嘛。"

对牛肉汉堡的狂热还是上初中时候的事。自打上了高中，他的口味就变了，又死命地喜欢吃烤肉了。

虽然时间上有点模糊了，但母亲能记起些从前的事情还是值得高兴。再说他也并不讨厌吃牛肉汉堡。

诚治走到冰箱前，中午在电话里跟母亲确认过吃药的事，他得补上记录。

记录表上，中午那一栏里已经有人签了名，是一个圆圈套着的"寿"字。

"妈，您自己给自己签名啦？"

"怎么了……不行吗？"寿美子还是老样子，遇事总爱先往坏处想。

"没事没事，挺好的。我以后也不能天天回家吃午饭，这样正好！"

寿美子像是放心了点，表情也缓和了下来。

"我爸回来您叫我，今天吃饭前我还有点工作要做！"

"有工作要做？"听诚治这么说，寿美子脸上露出一丝欣喜的表情。

自己的工作尘埃落定，对稳定母亲的病情也大有帮助。这可真是诚治二次求职成功的意外收获了。

上楼回到自己的房间，诚治给老姐挂了个电话。

因为工作环境里有很多医疗设备，亚矢子在工作时间不开手机。不过此刻电话倒是立刻接通了，振铃响到第三声，诚治听见电话那头老姐那大姐大般威严的声音爱搭不理地开了腔："嗯，怎么了？"

"是我，诚治！"

"知道！出什么事了？"

"你现在方便吗？方便的话就聊两句。"

"只能聊一会儿。听说你找着工作了？头一天上班，恭喜你。"

正准备爆个大料呢，结果被对方直接抢了先。诚治一下子找不着话头了。"你怎么知道的？"

"老妈前几天来过电话，说是你的工作问题解决了，今天正式上班。还说，你自己挺满意什么的。那么小的一家土木工程公司，据说老头子叫它'曾孙子辈'的外包公司，我开始可不大同意。后来又听说好歹算是白领职位，给的薪水也不错，就由着你去了。这次老妈主动给我打电话，还说了不少话，倒是挺少见的，看来最近情况不错？"

"也不全是，时不时地还会出点小状况。药倒是每天按时吃，前几天因为没找着药慌了神，我面试的时候直接给我打电话，结果我都取消了面试。"

"啊？还有这回事？"

"嗯，反正现在这家公司挺不错的，没关系。冈野医生嘱咐她说不好好吃药就得住院，这招还真挺灵的。那天老妈在家里翻箱倒柜都没找着药，当时就要自己开车上医院取药呢，幸亏我没面试直接赶回来了，不然她在那种精神状态下开车出去肯定出事！"

"她不光害怕住院，更害怕邻居知道了在背后议论。所以你们也别说得太过分，免得让她更有心理负担。平时能督促她按时吃药就行了。"

"说到邻居，今天西本太太还跟我打听咱妈的事呢！"

"什么！"亚矢子瞬间进入了临战状态。

架不住老姐的步步追问，诚治原原本本地把今天跟西本太太遭遇战的情形讲了一遍。

"我看她们都已经觉察到了，再隐瞒也瞒不住，索性反戈一击。也省得她们在背后乱说乱猜，在咱妈面前多嘴……"

亚矢子似乎沉思了一会儿，然后像个裁判似的得出了结论："嗯，要是我在估计也会这么干，这样一来，也算给他们个下马威。你提到小咪的事，也够他们犯嘀咕的了。"

小咪就是他们家那只可怜的小猫。

"真的啊？你也这么想？那可真是太好了！我还担心是不是又把事情办砸了呢。"

"那些人又在找机会窥探老妈的动静呢！索性拿抑郁症和自杀的事当挡箭牌吓唬吓唬他们也好。让他们知道，我们也不是那么好欺负的！这话从你这个大男人的嘴里说出来更有分量。那些人欺负我们家也够久了，我们犯不上去招惹他们，可也不能怕他们！就是要告诉他们，老妈就是他们的定时炸弹，再碰她一下就会有大麻烦，都给我躲得远远的！

"而且，以后在外面遇到那些家伙的时候还是要照样打招呼，时不时地提醒他们小心点！"亚矢子下命令似的告诫弟弟。

诚治赶忙点头，想到是在打电话，又答应了一声"是"。

母亲在敲他的房门。"诚治，你爸回来了，快下来吃饭。"

寿美子自从患病后，一直不能高声说话，所以每次都要特地跑上楼来叫诚治。据冈野医生分析，起初她是因为总觉得被人监视，怕别人听见自己的声音，习惯了压低声音讲话。久而久之，声带机能退化，不能承受高声讲话的压力了。

"知道了！马上下来！姐，那我去吃饭了啊。"

挂断电话的瞬间，诚治听见亚矢子说了句"以后好好干"，算是对他的褒奖之词。

"你怎么样？"这话从诚一嘴里说出来，诚治自然明白老头子是在问他工作的事。

"还不错，挺有干头的。今天先从完善 IT 系统开始——真没想到，现在居然还有不用电脑办公的公司……"

"曾孙子辈的承包商，有什么新鲜的！"诚一不屑地说，随即又赶忙补充道，"不过，既然能有这个意识，跟其他同等规模的对手相比也算有点竞争力吧。"

"有件事想拜托您。"

"嗯？又要干什么？"诚一故作淡定，语气中却透出一丝喜悦。

老头子毕竟不是那种全然不懂天伦之乐也不愿与家人和睦共处的怪人。诚治在心中苦笑，可惜，就是演技差了点。

"公司希望我将来能负责财务部门的工作，所以首先要熟悉记账。将来呢，最好能考个建筑业会计师资格什么的。眼下，我要先忙着搭建内部业务系统，这方面的事情暂时不着急。不过，以后财务上的事还要请您多指点指点。"

"记账那么简单的事，随时随地都能学，你抽空先去买点教材吧。"诚一嘴上一副"恩准"的口吻，脸上却透出跃跃欲试的表情，恨不得连儿子报考建筑业会计师的辅导也全包了。

"那么，诚治你将来也会和你爸一样，做会计方面的工作啦？"寿美子在一旁感叹。

诚治心里也充满感慨：一度跟老头子水火不容，吵得天翻地覆；一度从心里恨死了这个不通人情的暴君。结果，事到如今反而需要他来指点自己，真是世事无常啊。

最近，他终于明白，自己的家人并不像自己从前想象得那么糟糕。那些虽然血脉相连却最终分崩离析的家庭，有的确实是分开比相守更好，但自己家，特别是父亲诚一，毕竟还不是那种不可救药的"坏家长"。

虽然自己从未像姐姐那样强硬地与父亲正面交锋，但他明白，姐姐之所以敢于和父亲硬碰硬，是因为她心里也明白，父亲并不会因此而放弃家庭和家人。

与那些不得不分离的家庭相比，武家是幸运的。诚治有时很想把当初那个任性骄纵、怪话连篇的自己痛打一顿。与现在相比，当时的他拥有那么多幸福却浑然不知，只顾一心向家人索取，得不到满足便肆意消沉愤怒，觉得全世界都欠自己的。

"好久没吃牛肉汉堡了，真香!"把羞愧和内疚丢开，诚治换了个话题。

"真的……太好了! 我也很久没做过了呢……"

饭后，寿美子自己主动吃了药。对于吃药这件事，她现在基本上没有抵触情绪了，甚至还自觉养成了习惯。

"那我回屋了，晚上还有工作呢!"诚治放下碗筷，顺便又到冰箱前，在服药表上画了一个勾，便回了房间。

次日早上一上班，诚治便把在家整理好的资料——一份用 Excel

做的单据统计表——拿给大悦社长看。

"您看，用电脑可以做些这样的统计……"虽然数据只截止到一月中旬，但诚治在统计表中不但列出了当月采购物品的总数，还分别根据采购日期、物品类别、供应商等分类逐一进行了统计对比。

只扫了一眼，大悦社长便立刻凑到电脑屏幕前发出一阵感叹："怪不得人家都用电脑呢！还真挺方便！"

"继续整理的话，还能发现更多有用的信息。比方说，这一天，公司突然采购了大量的固化剂，为什么呢？对比工程表看一看……"诚治又打开另外一个文件夹中保存的工程表数据，"就会发现，因为糟谷先生负责的工地上开挖的地段土质较为松软，混凝土难以凝固，所以急需追加使用固化剂……"

"哦，不错不错！"大悦社长赞叹地盯着屏幕，"先把过去三年的数据都整理出来，这就能发现不少浪费和工程中的问题啦！其余的回头有空再说。从今往后，所有的新文件什么的都要优先弄进电脑里！这阵子你只顾专心忙这些吧，别的事都不用你管！"

前一天，诚治已经积累了不少经验。现在，可以开始加速了。光是文本修订这一项，昨天忙了整整一天也只完成了一个月的部分，可今天到下班前，他已经利索地完成了三个月的量，还打算再加一会儿班，把这部分的统计表也一并做出来。

整理数据的过程中，诚治还了解了很多材料采购方面的情况，并一一做了笔记。这些笔记以后可以当成业务培训的教材抽时间多看看。要学习的事情太多了，如果他自己都弄不明白，今后怎么去管理相关业务呢？

接下来的日子，每天他都加班到夜班工人上班的时间。大概花了三个星期，总算把近三年的资料全部整理出来了。电脑一代，可不是光会打游戏的！

晚上，大悦社长回到公司后，诚治赶紧向他汇报了情况。社长吩咐他，用这些数据整理出一份会议用资料，待会儿开会要用。于是诚治用图表的形式把公司近三年的经营趋势整理成一份二十多页的汇报材料交给社长。

社长立刻召集董事们开会。作为资料提供者，诚治在一旁列席会议。

"各位董事，按照工长的指示，我把每个施工单位的材料采购情况整理成了图表……"诚治刚开始说明，董事们便七嘴八舌地发表起意见来了。

"你这家伙，动作就是慢！这么点事，看看，工期拖了一个礼拜了！"

"就知道看工期，你这老家伙有什么资格说我啊！中间我替你修改了多少回计划？"

这是在开董事会？

诚治目瞪口呆地望着这些骂骂咧咧、嘻嘻哈哈的"高管"。尽管嘴上不让人，气氛却是亲热融洽的。

"唉，一看这图就明明白白的，不承认也不行！"新保监理嘟囔了一句，吵吵嚷嚷的会议室随即慢慢地安静下来。这位老工长喜欢零敲碎打地买材料，工地一旦急需，便不惜成本地临时采购。

"可不是嘛，还是需要发现问题，解决问题，当好工地上的掌舵人，减少很多不必要的浪费。诚治费这么大力气做的资料，各位可要好好看看。"大悦社长说着，朝诚治回过身来，"诚治，作为业务部主任，你对提高管理效率有什么想法？"

突然被社长提问，诚治赶忙从沙发上跳起来。"是，我有一点想法……"说着，他把一份事先做好的建议书分发给各位董事。

"最要紧的，我想，应该考虑材料的库存管理和扩建仓库的问题。从过去三年的记录来看，有些通用类材料，比如水泥、石灰、沥青、等等，如果集中采购的话，价格能节省很多。成品类材料的规格则往往因工地而异，很难统一，所以不需要提前准备库存。根据以往的使用情况，我大致计算出一个比较合理的采购数量，基本不会产生剩余库存。而且这个数量已经达到了供应商要求的批量采购数，他们可以降低单价——我今天已经跟他们确认过了。"

"哦，连价钱都打听啦？你小子蛮机灵的嘛！"坂东监理夸了一句。

"不过，一旦库存不够，不是还需要再订货吗？单独补货的话，跟原来也没什么差别嘛！"糟谷监理有些将信将疑地问。

"确实如此。所以，每当库存使用超过三分之二的时候，就要一次性补齐整批库存。这是最经济的库存周转量。而且，有了一定富余量的话，那些临时的突发性需求也可以灵活应对。不过，说到库存问题，咱们的仓库也该清理清理了。我去现场看过，乱得像个垃圾堆。凝固了的大水泥块、切掉半拉的聚氯乙烯泵什么的，全都乱七八糟地堆在那儿。说老实话，我们公司的仓库简直就像个懒主妇的壁橱啊，净是些'说不定什么时候还有用'或者'说不定什么地方就能用上'的东西，都没地方下脚了。工地上需要的材料，反而是直接采购然后让人送到工地更省事。而且，因为订货量少，光是运费就贵得要死。"

坂东监理苦笑着挠挠头。

诚治继续说："所以，我建议尽快把仓库里的东西全部清理掉，腾出存放物料的空间。"

"对！与其费劲地收拾那些破烂，还不如扔掉更省事！时间就是金钱嘛。"大悦社长欣然同意。

"也不必扔掉，可以作为工业废弃品直接卖给回收商。明天就叫他们过来先清点一下。至于各类材料的具体库存种类、数量等需要另外商定，等我稍后把数据核实一下再决定。"

"嗯，这是关键！毕竟诚治的数字只是来自纸上谈兵的计算，实际需要方面，还是要听取一线师傅们的意见，他们经验丰富嘛！大家定好数量后，库存管理还是由业务部负责。诚治，你也要考虑一下具体的管理方法，还要制定一些规章制度什么的。特别是整理、整顿方面的事情，一定要明明白白地规定好！由着这些家伙自己安排的话，过不了两天，仓库还会变成垃圾堆！"

"明白了。"诚治点点头。

"哈哈哈，很好！很好！"大悦社长十分满意，"诚治！第一个任务完成得不错！今后就按这个路数来！我们几个现在还不会用电脑那玩意儿，所以，工程表什么的还是先用手写，之后你再给弄到电脑里头！另外，单据凭证什么的，也能用那台电脑打印出来？"

"能！有专门的制作单据凭证的软件，买回来装上就能用。"

"那赶紧买！"社长立即拍板，"另外，我还要搞一个大动作……"

大动作？诚治心里有点紧张，禁不住向前探身盯着社长。

"业务部要再加一个人！就找个你这样的！你琢磨琢磨，开什么条件人家才肯来？"

诚治瞪大了眼睛，一时竟不知如何作答。

不久前还在为找工作东奔西走、低声下气的武诚治，现在居然要给别人提供工作机会了？

这可真是个大动作呀！而且，难度还不小呢！

回到家，父母已经吃完晚饭。母亲的药也吃过了。

"你打算什么时候开始学记账？"

诚治还在吃晚饭，有些醉意的诚一走到饭桌前问。

"呃，那个嘛……"自从上次跟父亲说起要学记账，已经过去三个星期了。诚治看出老爸等得有些心焦。可是，眼下自己实在是没有精力啊。

"公司说，那事先不急，现在给我派了些更紧急的工作。"

"还要忙多久？"

"估计……估计起码要一个多月吧……"

"还要拖那么长时间？"诚一显得有些失望，"算了算了！不能专心的话，教给你你也记不住。等你有空了再说！"

"他爸，洗澡水烧好了。"听妻子喊他，诚一答应了一声，心不在焉地往浴室走。换洗内衣什么的寿美子早都替他准备好了，而他也习惯了当个甩手掌柜。

听见浴室里响起了水声，寿美子走到儿子面前。"哎，诚治……"

诚治见母亲手里窸窸窣窣地提着个塑料袋。袋子上面还印着某家大型书店的商标。

寿美子从塑料袋中掏出几本书拿给诚治。

原来是两本记账的教材和建筑业会计师资格的考试指南。考试指南里还夹着几张标签，显然是诚一事先看过，又在他认为重要的地方做了记号。

"你让你爸辅导你的第二天，他就去书店买了这些书。他是想帮你忙的，你可千万别嫌他烦。"

诚治停下筷子，苦笑着说："我怎么还会烦他呢？没事，妈。您回头先帮我跟爸道个歉，最近工作忙，真的是抽不出时间来。"

寿美子点点头，把书又放回袋子里，朝卧室走去——她得趁诚一出来之前，再把诚一偷偷藏起来的书放回原处。

现在，老武家真可以算得上是个父慈子孝的幸福家庭了。如果能从这个鬼地方搬走就更完美了。

诚治自己其实并不在乎别人的眼光，在老姐告诉他那些秘密前，邻居们在他的眼中只不过是些无害的路人。而亚矢子形容为"只顾自己"的老爸，也正像当初诚治猜想的那样，托了他那生来就没有自知之明的性格的福，对左邻右舍，甚至有时对家人的看法如何也毫无兴趣，邻居们在背后搞的小动作对他丝毫没有杀伤力。

可寿美子不行。无论诚治如何告诉她这些事情并非因她而起，她也不必理会那些满怀恶意的邻居的看法，但被周围的人视为眼中钉这个事实本身，还是令寿美子坐立不安。只要他们还住在这座房子里，刚搬来时因诚一行为不检而招致的邻居的厌恶，便无时无刻地压迫着寿美子的神经。

谁叫你性格软弱？谁叫你那么胆小？她刚开始发病的时候，老头子曾不由分说责怪过她。甚至，连得上这种病也是她"自作自受"。可是，如果真是一个软弱的人，母亲怎么能在他们父子俩浑然不觉的二十年间，默默地承担了所有来自邻居的憎恨和欺凌呢？只为了不让其他家人感觉到这些憎恨和欺凌，她独自忍受了将近二十年，这其中的艰辛酸楚，又岂能用"软弱"二字来形容？母亲内心的坚强和对家人的爱护，如果还被指责为"软弱"的话，这世上可真是没有公平可言了！

一定要搬家，找个别的地方生活！二手房也好，父子俩一起贷款也好，诚治一定要让母亲搬家！

不过，这件事如果跟老头子商量的话，他会像辅导自己学记账那样迫不及待、干劲十足吗？

回到房间，诚治习惯性地打开了电脑，又把思路切换到工作状态。

"招个像我这样的……"既然社长只给了这么一句提示，那细节就只能靠他自己琢磨了。

诚治新建了一个文档，先把自己找工作时的详细特征逐一列举出来：

- 某私立大学毕业（文科）
- 首次就业后三个月辞职
- 再就业受挫，打零工一年有余（缺乏耐心）
- 母亲罹患抑郁症
- 边陪母亲就医边开始在大悦土木从事夜班打工
- 边打夜班工边找工作
- 半年后，收到大悦土木就业邀请
- 与此同时，医疗制造企业内定录取（但录取条件较差）
- 慎重考虑两家企业后，选择入职大悦土木

"招个像我这样的……"诚治把第一条涂成红色，第二条、第三

条连他自己都不好意思再看，赶忙跳过。母亲患病完全是家事，跟工作也没有关系。如果说有哪里表现还不错的话……能在工地上坚持下来大概可以算一条吧？于是诚治又把第五条也涂红。

这样看来，社长希望的大概是既有学历又愿意来他们这种"曾孙辈的小公司"工作的人。既然是业务部，还必须是个多面手，从行政事务到销售，什么都能应付。所以，在性格方面，这个人还应该充满活力，具备一定的沟通交流能力。对了，诚治忽然想到，必须还要再加上一条：能够与公司里大部分员工——就是工友们合得来才行。自己身边不就有个活生生的例子嘛，像老头子那种以白领或精英自居的人，往往不大看得起蓝领工作。如果再有个还说得过去的学历，尾巴就更翘上天了。不说别人，自己当初不也如此吗？学历只能说是凑合，却也满肚子的傲慢与偏见，死不肯向现实低头。

当初来大悦土木打工的时候，诚治心里也多少对这个行业怀着些偏见。只不过当时急着挣钱，大悦提供的高工资就成为他唯一的目的。

刚开始的时候，诚治就把这儿当作一个纯粹为了赚钱才不得不临时屈就的地方，跟工友也不太交流，只是冷淡又沉默地完成分配给自己的工作。

潜意识里，还是觉得自己干的都是些"泥水活儿"。

你跟他们不是一路人，你早晚要离开这个地方。他时常这样提醒自己。

可是，不像那些叫苦连天，或是赚够了钱就立刻辞职的同龄人，咬牙坚持的诚治终于引起了工友们的注意。

"年纪轻轻的，有骨气！""可以啊，小子！"那些干惯了"泥水活儿"的大叔，毫不掩饰对他的赞赏之情。

工友们貌似粗野、实则爽直的态度击败了诚治的傲慢。他们把他看成是自己人，让原本只为了赚钱的辛苦劳作充满乐趣。大家一边工作，一边相互倾诉苦恼、发发牢骚、获得别人的鼓励和建议……回想起当初只顾向钱看的那种傲慢，诚治至今还觉得惭愧。

连自己当初都尚且如此，如今又怎么可能要求别人一开始就不抱偏见呢？真叫人头疼！

而且这次招聘的是行政事务类的白领岗位，万一今后像大多数人那样，怀着白领阶层的傲慢，跟工地上的蓝领工人们发生摩擦，那可就麻烦了。再说，一心追求白领工作的人，又怎么可能看得上这种小型的土木施工单位呢。除非开出特别优厚的条件，或许还能碰碰运气。

诚治念叨着，脑海中忽然灵光一闪。

等等，等等，工长是怎么说的来着？

希望找个像你这样的！

原来如此。

诚治重新审视了一遍那些自己不愿多看、直接跳过的特点。虽然仍然让他如坐针毡，但他还是仔仔细细地钻研了一番。

● 首次就业后三个月辞职
● 二次就业受挫，打零工一年有余（缺乏耐心）

难道这些才是关键？诚治若有所思地盯着电脑屏幕。

社长的意思，不是想靠砸钱请来一位少爷新兵。所谓像他这样的人，其实是说：比诚治条件好的一律不要！

明白了！诚治恍然大悟，立刻开始草拟招聘要求。

谢绝应届生，欢迎二次毕业/待业青年！录用后一律转正！

看到诚治草拟的招聘启事的标题，大悦社长哈哈大笑。

"你小子动脑筋了！反其道而行之？很好！"

诚治松了一口气，继续向社长解释："这样的标题更能吸引眼球。现实中，所有的公司都希望招聘应届毕业生。这一点，我这个二次毕业生太有体会了。所以，很多非应届毕业的二次毕业生、待业青年很难再回到正常的轨道。"

不知不觉中，沦落到社会的底层，那种经历诚治太感同身受了。毕竟，他也曾是其中的一员：年轻、傲慢，稍作妥协就能解决的事情，却偏偏不肯低头。而一旦痛失良机，事后无论如何后悔、挣扎，也永远无法回到当初的位置。

一流大学的应届毕业生们自然可以挑三拣四地选择最好的企业。他们挑剩下了，再由其他大学的应届毕业生们按学校排名逐一瓜分。只有最后的残羹冷炙才会留给二次毕业生和待业青年们。就是为了争取这些少得可怜的机会，他们不惜四处奔波乞求，即使寄出上百封简历，也未必能收到满意的回复，只能抚平失望和冷遇，等待下次机会的降临。很多望眼欲穿的人渐渐失去了信心，便会慢慢沦落到无业游民的境地。可是，社会并不了解他们的辛苦，反而会因为那些耗费掉的时间而指责他们懈怠懒惰。

此时此刻，如果有人能够给他们一次机会……只要看到诚治那句"谢绝应届毕业生"的标题，只要确信企业是真心需要这些学历一般、没有专业资格、没有耀眼光环的二次毕业生和待业青年，不管招聘企业规模多小，他们也会立刻蜂拥而来。

"其他的招聘条件您还没有指示，所以暂时没有写上。不过，有一个条件我建议务必要保留——就是这一条。"大悦社长兴致勃勃地看了一眼诚治提交的建议书，上面写着：

入职后须参加六个月工地实习。

"上过大学的人，多少都有点轻视体力劳动的倾向。我刚开始在这儿打工的时候，也总是跟自己说，'就是为了挣钱才干这个的'，潜意识里总是想跟体力劳动划清界限。就连收到社长邀请的时候，如果不是念着与各位工友师傅的感情，没准我会当场谢绝您。所以，为了消除这种偏见和傲慢心态，在工地上锻炼一下是很有必要的。"

"六个月……有点长吧，三个月不行吗？"

"我考虑过，三个月绝对不行！"诚治再次强调自己的主张，"三个月的时间太短，有人会觉得，咬咬牙撑过去就完事大吉了。以一般男性的体力，坚持三个月基本没问题。只有半年以上才能算是考验。能够坚持半年之久的人才是真的可靠。而且，一起流汗的经历也有助于培养他们与工友之间的感情。"

听着诚治的解释，大悦社长不住地点头。"很有道理！其他还有什么想法？"

"这次的招聘启事我想在网上发布。因为我们要招聘的人，虽然不要求太精通，但肯定要会使用电脑。所以，通过网络招聘比较合适。"

"嗯，的确如此。在网上应聘，自然就说明他会用电脑嘛！"

最后，诚治又提醒社长，尽快确定录用后的工资待遇。

大悦社长顺手扯过一张纸，把早已考虑好的条件直接写了出来：

职位：含销售在内的行政业务。

招聘要求：大学毕业，二十三岁至三十岁，需有普通车型驾照。

工资：基本工资二十万，加班费另付。

待遇：加薪每年一次。奖金每年两次。家庭补助。社保完备。交通费全额报销（限公共交通）。

休假：每周六日休息两天。法定节日、黄金周、夏休、年初年末放假。另有带薪休假、婚丧假。（工期忙碌时可能会要求假日出勤。）

关于基本工资比诚治要低的问题，大悦社长抢先做了一番解释："你是咱们公司第一位大学生嘛，享受特别待遇是当然的。工资的差额，就算是'主任'的岗位津贴吧！"

即便是这样的待遇，换成是当初落魄不已的诚治，也早就飞奔而来了。

"把你刚才说的工地实习、不招应届生那些再好好地润润色放进去。剩下的考核标准什么的都由你来决定！"

"好。不过，面试还是要您亲自出马哦，社长！"

诚治整理出最终版的招聘要求，当天就开始联系几家事先选好的招聘网站。

向网站询价还是诚治在第一家公司工作时学到的。当时因为最大的招聘网站上竞争激烈，只能知难而退。同时也考虑到招聘广告的价格因素，于是退而求其次选择了第二大的网站。

这次，诚治把那句"谢绝应届毕业生"的招聘口号用软件转换成图片贴在页面最上方，其他详细招聘条件也都按此方法发布在网页上。关于应聘方式，他设置了"网上直接应聘"加"电话联系后投递简历"。这是他设的一个小圈套：不会考虑那些只在网上应聘的人。

之前老爸诚一曾经说过，从字迹上可以看出应聘者是否真有诚意。在网上直接应聘比较偷懒：用电脑做一份标准简历，然后直接复制、粘贴、点击"提交"即可，不用紧张兮兮地打电话，也不必费事手写简历。但是，贪图这种便利的人本身就已经不合格了。诚治对这些偷懒的办法可是了如指掌。基于自己当初耍过的那些小聪明，他就能把那些偷懒的家伙都过滤掉——就像自己原来被别人过滤掉一样。

网上招聘对用人单位和应聘者来说都很便利，但文字自有其微妙的玄机。

虽然听起来好像有点过时，但有的东西，真的只能从手写中体会。对一度是偷懒大师的诚治来说，任何偷工减料的伎俩都逃不过他的眼睛。就算其中混进了漏网之鱼，也绝对瞒不过工长和老爸诚一。

开始他还有点担心：以大悦土木这种规模的公司，居然还要求人家手写简历，会不会太落伍了？但他后来又想到，公司的规模小是小，但开出的待遇绝对不差，而且优先考虑二次毕业生和待业青年。单从不必跟应届毕业生竞争这一点来说，已经足够有吸引力了。

况且，公司开出的第一年的工资跟其他公司开给应届毕业生的工资水平相仿，甚至可能还略微高于平均水平。再说，只要能招到一个人就行，这个任务不算难。

招一个当初的自己——这样的家伙到处都是啊。

于是，诚治在周一发布了大悦土木的招聘广告，发布期为两周。

广告发布后，公司的电话从一大清早就响翻了天。

诚治事先准备了一张应聘统计表，以便记下电话应聘者的联系时间、姓名、家庭住址、电话号码、对方提出的问题、自己初步的印象等信息。每张表上可记录十个人的信息。结果，这张表很快就不够用了，诚治赶忙又去复印了三张。大悦社长本计划一早就去工地，见此情景也不得不留在办公室跟诚治一起接电话。

这次招聘成功与否，全看广告发布后第一天的情况。杂志招聘在两周的有效期内还可能产生几波小高潮，但网络招聘的关注度从发布之日起便开始逐渐回落。所以，应聘的关键时间只有第一天。

忙了整整一天，共有电话应聘者二十八人，网络应聘者三十七人！

这个结果令第二天来拜访客户的招聘网站销售人员都大吃一惊。"太厉害了！很少有招聘能收到这么热烈的反馈！"当然，他们的话里也隐含着一句没说出口的潜台词："尤其是像大悦土木规模这么小的公司！"

"广告词写得好嘛！我们的这位武主任，那可是个大才子！"正好路过办公室的大悦社长得意地拍了拍诚治的肩膀。

网站销售往前探了探身，似乎是想取经的样子，用请教的眼神等着诚治发话。

"呵呵，也没什么秘诀。我自己也曾经是一个快过了二次毕业期

限的待业青年嘛。求职的时候也颇费了一番周折，后来承蒙社长不弃
才把我招进公司的。"

"这么说……"

"是啊，大公司招聘的时候虽然都把'欢迎二次毕业生'挂在嘴
上，但实际上都更倾向于录用应届生。如果没有突出的学历或者专业
资格证书，一般的二次毕业生他们根本不会考虑。所以，对这些人来
说，他们很难在现实中与名校生和应届生竞争。而我们公司瞄准的就
是这些人——一般学历的，即使是应届毕业我们也不考虑。索性直接
挑明，'不要应届生'。"

"这就是所谓的反向思维吧？"

"对，我们就是要优先引起非应届生的注意。另外，再进一步把
那些超出二次毕业期限的'待业青年'也纳入招聘范围，来表明我们
的诚意。虽然附带了一些诸如工地实习的特殊要求，但总体来说，待
遇绝对有竞争力，是他们目前在别处不可能拿到的。"

"您研究得很透彻！"

"噢，不，这个思路是我们社长提出来的，我只是负责做做文案
而已。社长说，就要招像我这样的人——学历马马虎虎，而且因为种
种原因正在滑向社会边缘的年轻人。不要求他们有多高的能力，只要
有工作热情、能够适应日常工作就行。总之，就是能对像被公司收留
之前的我的那种人产生吸引力就行。"

听完诚治的介绍，网站销售连连称是。接着又说，希望最后能把

应聘人数、录用结果等数据分享给他们参考，之后便起身告辞。

诚治猜测，他大概要把大悦土木这个案例作为业绩吧。

第二天，应聘电话变得零零星星，简历却源源不断地寄来了。

广告投放截止后，诚治共收到三十六份简历。其中有二十人为了保险起见也在网站上同时应聘。只做了网上应聘的有十九人，诚治直接给他们发去不录用的通知。

对收到的简历，不看内容，先检查笔迹等最容易露马脚的地方。把那些打印纸都卷了边的、用涂改液涂涂抹抹过的简历都毙了以后，还有二十八份。

这些人都还没开窍啊，诚治一阵苦笑。失败了那么多次，还不舍得多做几份简历吗？简直与从前的自己一模一样。如果有机会，真想当面点醒他们。

然后，他把在应聘原因中写着"看好贵公司未来发展"之类的套话的简历也逐一剔除。大悦土木明明是家小公司，公司连官网都没有，只是在电话黄页上登了个联系电话。招聘广告中，也只是简单地介绍了公司的情况，并未披露任何将来的发展计划。所以，从已披露的有限的信息来看，大悦土木只是家不起眼的超小型建筑公司，他们凭什么就得出"看好未来发展"的结论呢？用千篇一律的套话撒网捕鱼，这种家伙不靠谱。

筛掉这些，还剩二十二份简历。其中关于应聘原因的应答多少还有些可信之处。另外，虽然招聘的职位是行政业务类，但仍有一个人明确表示希望从事工程监理工作。嗯，这倒也不是坏事，毕竟将来公司规模扩大后，的确要补充新鲜血液负责工地的项目管理。无论最后能否录用，这个人至少可以先考察考察。

这二十二个人该如何选择呢……看工作经验？就他自己的经历来看，也没什么像样的工作经验啊，要不是被社长看中，如今还不知在哪里闲逛呢。或者，定个日期，对他们进行一次性面试？诚治思索着，顺手翻看着手中的简历。

突然，一份简历让他眼前一亮。

东京工业大学土木工程专业！

这么华丽的学历，其他人根本望尘莫及啊！诚治定睛一看，正是那位希望从事工程监理相关工作的应聘者，而且——还是个女的？！

简历上有照片。照片上，一个脸上微微有几粒雀斑、一头小卷毛的姑娘目光炯炯地盯着诚治。年龄二十六岁，跟诚治同岁。

"这个太特殊了……要跟社长汇报一下。"诚治把雀斑卷毛妹的简历抽出来，单独放在旁边。

傍晚，外出归来的大悦社长心情很好。"诚治，你做的那个仓库管理规则，效果相当不错！"

卖完废品后，公司仓库被彻底清空。地面贴上了不同颜色的胶带，用以区分不同种类材料的堆放区域。为了确保通道不被占用，石灰、水泥等袋装材料在清点完库存数量后，可按由内向外的顺序依次取用。库存消耗超过三分之二后，立即联系供应商订货，一次性补齐。通道畅通后，之前闲置的拖车等装卸工具也可以发挥作用，大大地提高了装卸效率。

"有机会还是要考虑扩大仓库。目前只能用最基本的材料测试一下库存管理机制。另外，工具现在也都堆在更衣室里，乱七八糟的，今后还要想办法优化一下。"

大悦社长又问："招聘的事情怎么样？"

诚治把所有初选合格的简历分了几类摆到社长面前的桌子上。"这些是我初步筛选合格的，这些是基本不用考虑的。"

社长顺手拿起几份简历翻了翻。"看起来确实不怎么样，不过，你判断的依据是什么？"

"管他是什么公司呢，只要录用我就行。瞎猫没准还能碰上只死耗子呢——这种都不要。跟我当初那种偷懒心态一模一样。"

听了诚治这番回答，大悦社长哈哈大笑。"怪不得！有道理有道理！当初你要是那副德行，我才懒得招你呢！"

"另外，在回答应聘原因时说什么'看好公司未来发展'漂亮话的也一律淘汰。"

"哎呀，还有人这么看好咱公司呐！"

"嗯，说是我们用优厚的待遇招聘其他公司不看好的人才，单凭这一点就说明公司有远见之类的……"

"这小子，脑筋还挺灵活啊！"

"太有心计了，专拣别人爱听的说。"抛开这一点不说，此人显然看透了诚治的心思，即反其道而行之。凭公司眼下的规模，根本不可能招到应届毕业生。所以，干脆拿"谢绝应届生"作噱头。

"另外，我爸曾经说过，简历的书写笔迹能够反映出应聘者的态度。不过，这方面我真是不太在行……"

"拿过来我看看。"大悦社长接过一摞简历，边看边顺手分为两堆。

"那些人不考虑。"

诚治从社长指的简历中拿起一份，翻了翻，有点摸不着头脑："这个，还有这个，字迹都很漂亮嘛？"

"字倒是写得不错，不过就是光顾着炫耀了。笔画不连贯，根本就是在练字而不是在写东西嘛！"

"这您也看得出来？"

"当然！别看咱是个大老粗，也是书道三段呢！"

"真的？！"

的确是人不可貌相。诚治记起了入职前收到的公司资料上，社长那一笔漂亮的手写体。

经过大悦社长再次筛选后，最终确定了十五份简历。"十五个人的话，可以全部安排面试。每天五个人，今天下午就开始安排吧，"说着，社长一眼瞥见单独放在一旁的那份简历，"这是怎么回事？"

"噢，对了！"诚治赶忙把简历递给社长，"这位应聘者我不知该如何处理。"

社长接过简历浏览了一番，也是面露惊诧。"女的？她知道入职后还要去工地实习半年吗？"

"知道。她还说，对自己的体格很有信心，大学时练过柔道。"

"打算坚持半年，然后就能调到业务部门了？"

"不是的，您看。"诚治指了指"应聘职位"那一栏。

"怎么？想当工地监理？"

"是啊，而且，您再看看她的学历。"

"哎呀，居然是这么有名的大学！"社长不禁有点欣喜若狂。

"国立大学毕业。单凭这一点，就绝对领先了。其他应聘者的学历都跟我差不多。像这样的名校生，咱们公司很难再遇上第二个啦！"

"女性工程监理，太浪费了吧，哈哈。工地上连女厕所都没有，总不能单独为她盖一间吧。"

"只能看看她本人的态度了。"

大悦土木目前所承接的项目，大多是工地分散在各处的小型工程，如果是那种开口闭口"女性权益"的类型，真是无论如何也伺候不起。

"那就面试看看吧！"

既然社长已经拍板，诚治便把雀斑妹的简历也归入了"待面试"

的那一摞。

晚上，很难得地赶上与父母一起吃晚饭。

"你上班也快两个月了，工作进展得怎么样啊？"

听父亲这么问自己，诚治以为又是辅导的事，赶忙解释："啊，不好意思啊，爸，最近还是挺忙，学习记账的事还得往后放放……"

"谁问你那个了！我是问你工作怎么样！"诚一愤愤然地澄清。

"哦，每天都挺忙的，不过很充实，感觉也不错。最近正在忙着招人呢。"

"招人？就凭你？"

"面试当然是社长亲自把关！不过，前期的招聘、初选什么的都让我负责。"

"前不久还四处找工作的家伙，这下子可神气起来了啊！"诚一感慨道。

"我们也没想招多么了不起的人。社长说，招我这样的就行。那最了解这类人的当然就是我了，我不也曾经是他们中的一个吗？"

"哟嗬，这下子那些应聘的算是碰上祖师爷了！"见老头子又有些挑衅的意思，诚治赶忙偷偷朝母亲那边瞥了一眼。

寿美子虽然面无表情地吃着饭，但坐着的上半身却不易察觉地开始轻轻摇晃起来。

最近，即使在开门迎接下班回来的儿子时，她也是一副毫无表情的样子。因为以前那些比较明显的症状，诸如摇摇晃晃、拼命搓手什么的没有再发作，她有一段时间甚至开朗了不少，大家都没注意到她现在这种细微的症状。

"妈，下周六又该去医院了，我陪您一块儿去吧！"

听诚治这么说，寿美子仰起脸，短暂地微笑了一下，点点头。

饭后，寿美子照例吃药，诚治放下碗筷，径自在服药表上签了字。

母亲最近一直坚持按时吃药，没出现什么状况。诚治平时尽量抽时间回家吃午饭，回不来的时候也会打电话跟母亲确认。

吃完饭，寿美子起身收拾碗筷，去厨房洗碗。

诚治趁机走到客厅，坐在正看电视的诚一身旁。

"爸，您没觉得我妈最近有点消沉吗？"

"有点吧。"

"该不会是像冈野医生说的，病情又有反复？毕竟，这种病治起来可没那么快。"

诚一最近会心平气和地与儿子交谈了。"担心的话，周六就去问问大夫。"

于是，周六一早，诚治就按约好的时间带着母亲去了医院。

门诊的时候，医生会根据情况控制问诊的人数。有时允许全家一起进去，有时则让寿美子独自一个人进去。这天，医生碰巧安排患者单独与医生会面。寿美子先被叫进了诊室。

等在外面的诚治觉得，这次母亲的问诊时间特别长。

寿美子出来后，医生又叫诚治进去。

"我母亲的情况怎么样？"

面对诚治的询问，冈野医生面露难色。"说起来很简单……儿子工作后，白天长时间独自在家，感到有些不安和孤单。"

诚治默然无语。这个问题说起来的确很简单，要真正解决它却困难重重。

"据说最近再没有发生以前那些被邻居排挤之类的事情了？"冈野医生的话让诚治像挨了当头一棒似的，好不容易才镇定下来，"但她一个人在家时，往往很容易联想起从前的事情，总还是觉得不安，生怕以后类似的事情会重演……"

"那……"诚治为难地垂下头，"真是没有办法，我总不能辞掉工作，一直在家照顾妈吧。"

"这一点病人心里也清楚。可是，只要住在那里，就很难期待她的病情有根本性的改善，因为病人现在对周围的环境已经产生了恐惧感。"

只要还住在现在这座房子里，妈就永远恢复不到以前的样子。医生的这个结论像钉子一样钉在诚治的胸口。

"不过呢，这种病本来就容易有反复，现在看来，病情正在逐步稳定，还是有希望彻底痊愈的。这次，我还是按现在的剂量再给她开点药吧。"

谢过医生，诚治起身走出诊疗室，赶紧调整了一下表情——千万不能让母亲看出他的沮丧。

寿美子坐在候诊室里等候。虽没有之前那么厉害，却还是像坐在小船上似的，身体微微晃动着。

缴费取药后，他们走到停车场。

"妈，您想不想去哪儿转转？天气这么好，咱们去兜兜风再回家吧？"

"你爸在家等着呢，得给他回去做饭……"寿美子说，"那就顺便去一趟附近的超市吧。"

唉，妈事事处处都先替老头子着想，可那个老头就是不舍得搬家。诚治心里久违地涌起一阵对诚一的愤恨。不过，他还是照着母亲的意思，把车子拐进了一家大型超市。

不管家里有多少操心事，每天的工作还要继续。

周一，他们开始面试应聘者了。

每天面试五个人，最后一天则是六个——包括那个一心想去工地的雀斑妹。

面试时，由大悦社长亲自询问有关应聘原因、目标职位之类的话题，诚治在一旁做记录。

作为面试的最后一项，诚治坚持要了解一下他们的求职经历。

"你换过三份正式工作吧？好不容易才找到的工作，为什么又要轻易辞职呢？以我本人的经历来说，从第一次辞职到找到现在这份工作，中间经历了多少辛苦啊，而你居然两次、三次入职后又辞掉，真是勇气可嘉啊！"

"你工作的第一家公司是个知名企业，而且已经工作了一年多，为什么要辞职呢？"

"打散工的两年时间里，有没有尝试再去找工作？"

正因为有过切身之痛，诚治特别关注对方如何作答。

面试完最后一个人，趁着对他们的印象还算鲜明，诚治和大悦社长就地开始讨论。讨论的依据是每个人的简历和诚治所做的记录。

"你小子原来这么细心啊！"看着诚治在黑板上列出来的内容，大悦社长赞许地点点头。

"敲门之后，不等回答就径自打开门进来""就座前没有鞠躬""紧张得哆哆嗦嗦""说话声音太小""谈吐利落""目光飘忽不定""有没有喝水""喝水的时候有没有寒暄"……在这些细节之外，还有每个人的应答内容以及诚治自己的感想等。

"找不到最适合咱们公司的人，钱不就白花了吗？所以，我现在就像老婆婆挑新媳妇似的，挑剔得很呢。"

"嗯……这两个不行，半年的实习肯定坚持不下来。"

"假如必须留下一个的话，您会选哪个？"

"不如你先说说，哪个肯定不行？"

"那就是这位了。问到辞职理由的时候，说了一大堆前公司的坏话。"

只会耍嘴皮子，牢骚怪话不断，就像他当初一样。诚治脑海里似乎一幕幕地浮现出那个任性骄纵的自己。

"那么，今天暂时留下这个吧。"

"对，他虽然不怎么爱说话，但对于自己的过错和缺点倒很坦率。不过，我自己的口才就不太好，如果以后业务部也要负责销售的话，还是找一个口才好的家伙比较合适。"

"销售可不是光凭口才！也得踏实可信，才能争取到客户的信任。就凭这小子能踏踏实实地跟人交流，今天先留下他吧。"

"还有一个怎么办？"

"这个……中规中矩吧。据说已经有家公司想要他了，暂时先留着。"

第二天，他们又选出两个中规中矩但貌似能在实习中坚持下去的应聘者。

第三天，一个奇葩出现了。这位的口才甚好，或许适合做销售。

问到求职经历时，他的回答令人捧腹。

"毕业后，你一直是无业状态，将近两年。为什么一直没去找工作呢？"

"不是没去找，是没法找啊！"

"哦?"

"我当时参加了一个乐队,因为乐队的活动太好玩了,一不小心就把找工作的事给忘了。"

居然还有这种人?诚治目瞪口呆,大悦社长也是一脸的不可思议。

"本来大家都奔着签约唱片公司的小目标努力呢,人人干劲十足,兴奋得不得了。就这样,一直在乐队里待了两年。谁知道最后乐队居然解散了!按我们同一年毕业的求职时间来说,我比别人已经彻底地晚了一年。更可气的是,乐队里的人都偷偷去参加了面试,从来没求职过的居然只有我一个,被他们当成笑话了!最后,他们还指着我的鼻子说:'就你那德行,还想当主唱啊?'气得我呀,跟他们大打了一架。唉,不管怎么说吧,人不荒唐枉少年……"

这哥们儿太奇葩了,诚治拼命地忍住笑。

"后来你又打了一年的零工,这期间没有去找工作吗?"

"想去来着,后来又没去成。"

"为什么?"

"打工的时候,喜欢上一个店里的女孩。不过她上个月辞职了。我是真认真了,但人家好像根本没这方面的意思。再后来,我就直接跟她表白了。谁知她的第一反应竟然是:'你跟我开玩笑的吧?吓我一跳!'您说我这是干吗呢?回家我就反省了一下,心想,是该踏踏实实地走向社会了,这才开始认真找工作。

大悦社长的喉咙里咕地响了一声。诚治回头一看，社长已经快忍不住要哈哈大笑了。

"好的，那就先谈到这儿。有消息的话我们会通知你。"

奇葩走出办公室，带上门的一瞬间，大悦社长迫不及待地笑出声来。

"啊哈哈哈哈，这个小子很有趣！不过从某种意义上说，也算是个人物！"

"今天的面试到此为止。"乐队主唱的退场宣告了今天的面试终于告一段落。一心去工地的雀斑妹因为目前仍然在职，要等傍晚下班后才能过来面试。

"到底要哪个呢，业务部主任？"

"我感觉，就是第一天那个不大爱说话的和……刚才这位之间二选一吧。"

"哟，你居然看上刚才那小子啦？"

"虽然看起来有点奇葩，但他那份天真可爱也是一种能力。况且，奇葩归奇葩，他在举止行为上并没有什么失礼的地方。除了应聘动机比较独特之外，其他的条件都还不错。总而言之，此人身上具备我所缺乏的才能。"诚治最后总结道。

社长点点头。"可惜呀，这两个人都不错……要不，干脆都招了吧！"

"您忘了？还有一个没面试呢，就是那个难得一遇的名校生。"

"多招几个人咱公司还不至于破产。那个女孩子如果真是有用之才，将来真能作为工地监理独当一面的话，公司也能多接点项目。最近因为人手不足，不得不放弃了好几个项目呢。如果你再把财务也撑起来的话，公司向大悦咨询那边交的管理费也可以节约不少。"

从将来扩大公司规模的角度考虑，今天这三个人的确是不错的。

"不过，每增加一名正式员工，公司每年也要相应地增加五六百万的人工成本……"

"公司不是每年都招聘，而且还有很多合同工。所以人工费用这部分总会有办法的。"

看来，不管晚上面试的结果如何，这俩人已经确定录用了。既然社长已经做了决定，诚治便也不再多说，毕竟，公司的家底老板心里最清楚。

傍晚时分，雀斑妹终于来了。

见她穿了一身长裤套装，诚治颇有些意外。在他印象里，女生的通用求职套装应该是裙套装吧。

"您好！请多指教！"雀斑妹很有礼貌地鞠躬致意。

诚治示意"请坐"。

雀斑妹点头略一谦让便大方就座，看来她对设置在活动板房内的会议室，以及周围煞风景的凌乱环境毫不在意。

"我先来说两句，"大悦社长出其不意地抢先开口，"我们的工地，根据工程的大小，一般只有一两个简易厕所。办公室这边，工人们一般不进来，平时你可以用这里的厕所。但是，工地上可不会为了你专门准备女厕所。你能接受跟工人共用一个厕所吗？"

"没问题，"她回答得很干脆，"另外，更衣室也不需要另外准备，只要能找个没人的地方——比如仓库的一角什么的——借用一下就可以了。"

"那倒也不至于。办公室里有空闲的房间可以用。"诚治不禁插了一句。

"毕业于国立大学，现在仍然在知名企业里任职。为什么想要放弃这么好的条件，跑到建筑工地来当监理呢？"

"主要出于个人原因。我父亲在世的时候，也曾经营着一家与贵公司规模相仿的土木工程公司。我上初中的时候他去世了，公司也随即解散，幸好当时公司没什么负债……"

"那就是……希望继承父亲的事业？"大悦社长问。

"是。"雀斑妹点点头。诚治看了一下她的简历，"父亲"一栏中填写的的确是"继父"。她是三姐弟中的长女。

"我母亲后来再婚了，继父人很好。不过，因为父亲去世的时候弟弟妹妹年纪还小，现在跟继父的关系很亲近，对于亲生父亲的记忆却已经模糊了。我觉得，这对父亲的在天之灵来说太残忍了，所以，哪怕只有一个孩子记得他、时常怀念他，对他也算是一种慰藉吧。出于这种原因，考大学的时候就特地选择了土木工程系，心想至少能从事跟父亲生前相关的工作吧。"

"那么，你的父母知道你辞掉大公司的工作，来应聘一家小公司吗？"

听见诚治的提问，雀斑妹转头看了他一眼。"在现在这家公司做了三年白领的工作，对他们也算是有所交代了。"

"凭你的学历，就算是想当工地监理，也可以优先选择大公司吧？"

"实际上很困难。因为我既没有这类工作的经验，又是半路转行的女性，所以，到目前为止一直四处碰壁。"

"可以理解。毕竟女性都会面临结婚和生育的问题嘛！"大悦社长抱着胳膊，面露难色。

"面试就先到这儿，最后还有一项测试，请跟我来。"

说罢，他站起身，朝仓库的方向走去。诚治好奇社长要测试什么，便跟着他们出了门。

社长打开仓库的大门，领着他们来到水泥堆放区。

"水泥，一袋四十公斤，你来扛一袋。"

哇，这也太苛刻了。就算对诚治这个大小伙子来说，扛水泥也绝不是轻松活。而且仓库地面上到处都是水泥和沙子，人家小姑娘可是穿着一身漂亮的套装呢。

让诚治大跌眼镜的是，雀斑妹听完社长的话，毫不犹豫地向前迈了一步，撑开一条腿，从一排垒放得比较低的水泥中选了一袋，两手拽住两个袋角，一用力，便把水泥袋拖到了撑开的那条腿的膝盖上，然后二次发力，顺势将四十公斤重的整袋水泥稳稳地扛上了肩。整套动作流畅又熟练，跟诚治刚开始打工时师傅们教他的要领——靠腰腿而不是靠手臂发力——一模一样。姿势甚至远比诚治轻巧。

"可以了，放下吧。"大悦社长又命令道。

卸水泥的时候，不能将整个水泥袋直接摔在地上，而是要按着与刚才相反的顺序，靠腿上的力量先慢慢用膝盖撑住，然后再把肩上的水泥袋顺着大腿的方向，半是滑、半是提地放下。

雀斑妹黑底白条的衬衫和套装彻底被弄脏了，尤其是膝盖和肩部，蹭上了一大片沙子和水泥。

"可以了。"说着，社长对诚治使了个眼色。

"今天的面试到此结束，我们会认真考虑你的情况。详细结果会另外跟你联系。你可以先回去了！"

"谢谢！"雀斑妹鞠了一躬，告辞离去。

"你看怎么样？"一回到办公室，大悦社长便开口问诚治。

"嗯……我还真说不好。"诚治犹豫着。方才雀斑妹身穿小套装力扛水泥袋的利索劲让他都有点自惭形秽。

"看来这丫头挺吃苦耐劳。工地监理虽说也要干不少力气活，但本质上，毕竟更侧重项目管理，对吧？再说，咱们现在的监理大多数都是凭感觉和经验干活，人家姑娘可是在全国首屈一指的大学里受过科班训练……今后再让前辈们好好带她几年，将来可就了不得啦。咱们工地上有个东京工大毕业的高才生监理，公司的形象自然也会大大提高。嘿，光凭这一点，咱们就把其他同行都给比下去啦！退一万步说，就算她暂时还不能独当一面，跟其他监理好好配合，也能争取几个大单子吧……"

大悦社长抱着胳膊反复思量，过了好一阵，终于一拍大腿。"好！三个人我都要了！"

"这里是大悦土木株式会社，请问您是某某吗？经过我们公司内部讨论，决定正式录用您，请确认您是否仍有意来我公司工作。如果您仍有意，为详细说明入职手续等事宜，请务必于下周一上午十点前来公司报到……哦，对，就是您前几天来面试的那家公司。"

诚治分别给三个人回了电话。其中，第一天那个不太爱说话的已决定去其他公司上班，所以大悦土木公司的此次招聘，以顺利录取到两名新员工圆满结束。

新员工名单：

刚刚长大的奇葩男，丰川哲平（二十六岁）

志在工地的雀斑妹，千叶真奈美（二十六岁）

因为在原公司还有些交接手续要办，千叶真奈美的入职和实习都推迟了一个月。

比计划多招了一个人，这究竟是好是坏，诚治对此十分没底。

第五章

待业青年，买房啦

新人入职后，诚治也正式开始了行政事务和销售两头忙的日子。

行政事务方面比较简单，只要把目前在做的工作教给新人，借助电脑不断优化效率即可。

销售方面就比较头痛。以诚治的性格，本来就不太善于跟人打交道。刚开始拜访重要客户时，大悦社长还亲自陪着他去了几次。之后就让他独自处理，只是一再叮嘱他要认真细致。

然而，诚治还是因为一些细节上的失误常常被社长教训。有一次，社长甚至还带着他亲自上门去向客户赔礼道歉。

丰川要是能早点实习完过来帮忙就好了……诚治常在心中念叨。盼着才刚实习一个月的后辈来救火，面子上未免有些过不去，但卖萌哄客户开心什么的真不是他的强项。丰川在这方面的本事就厉害多了。

"武诚治！"大悦社长怒吼道。

"来了来了！"诚治赶紧一溜烟地跑过去。

社长迎面劈头盖脸地摔过来两份工程报价单。"连报价对象你都能弄错？幸亏是我发现了，这要真发给客户会是什么后果？混账！"

诚治赶忙仔细检查了一下。唉，难怪社长发脾气，这两家客户的公司名称十分相似，他已经弄混过两次了——不用说，也挨了社长的两次痛骂。

为了避免混淆，他还特地用电脑给这两家公司分别做了单独的报价模板。不过目前看来这个办法仍然于事无补，估计自己是从打开文件的一刹那就搞错了——谁让这两家公司的名称只有一字之差呢。

"对不起！对不起！"

"一而再，再而三！下次再弄错的话，小心我开除你！"

"对不起，因为最近刚开始学习记账，精力……"

"少找借口！你就是这个毛病！如果想知道原因的话我自然会问，没问你就不要乱狡辩！而且，这种错误一旦犯了就没法挽回！什么借口也不行！这是报价啊！一旦发出去了就不能更改！你给我好好记着，不准再找任何借口！"

"对不起，我错了！"社长"爱找借口"的指责一针见血，让诚治如芒刺在背。

至少在丰川实习完正式上岗前的近半年时间里，大悦社长本来是打算把所有商务类的工作都交给他来负责的。但直到现在，他做好的诸如报价之类的重要文件，仍需要社长亲自检查后才能对外提交。

诚治一再重复相同的错误，而且还不以为意地试图找借口狡辩，难怪社长会大发雷霆。

"重做！做完了拿来给我检查！"

"是……"

诚治面红耳赤地走回自己的座位——放着全公司唯一一台电脑的那张办公桌。

打开两个弄混了的文件，诚治赶紧在第一页上添加了一排斗大的红色提示：发送前必须确认名字是否与某某公司混淆！

从第二页开始才是报价单的正文。唉，第一次犯错被骂的时候标上就好了。

因为只是公司名称搞错了，所以修改起来很快。重新打印好之后，他又仔细检查了报价单上的客户名称、金额、日期、工程内容等细节，并盖上了公章。

大悦社长再次检查了一遍，确认无误，这才说："行了，发给客户吧！"

公司的电话和传真号码簿原来都是手写的，诚治后来用电脑重新整理后改成了打印版。发送之前，他又仔细地核对了那两家公司的传真号码，感觉社长一直在盯着自己。

直到按下"发送"键，社长都没有再说什么。

传真机显示发送成功。诚治松了口气，像是卸下了一个沉重的包袱。

"今后给我好好注意！"

听社长一吼，诚治仿佛又像想起了什么似的，拿出支荧光笔，把电话簿上那两家公司的名字分别做了记号。至此，社长才满意地点了点头。

丰川实习回来要办理交接，应该准备一份交接手册。

这虽不是急事，但诚治还是写了张便笺纸贴在抽屉里，提醒自己抽空把零星记在笔记中的各类事项整理出来。

丰川到工地上没多久，便和工地上的师傅们打成了一片。在很多方面，他都显示出了非主流的一面，非但丝毫不觉得干体力活是苦差，甚至干活的时候还哼着小曲。

"诚治，他可是你给咱们公司捡回来的宝贝啊！你小子，看人的眼光很准呢！"早晚交班的时候，师傅们纷纷向诚治夸奖丰川。

诚治谦虚地摇摇头。"哪是我看上的？那都是工长拍的板。我就跟着提了点建议！"

"得了，别谦虚了！对了，听说还招了个大姑娘？行不行啊？"

"面试的时候，人家可是轻轻巧巧地就把一整袋水泥扛上肩了——你说行不行？"

"嘿哟，那可真不得了。就算你小子，没掌握窍门之前，扛袋水泥还哆里哆嗦呢！"

"穿得漂漂亮亮的，说让她扛水泥，眼睛都不眨地扛着就走，真不是一般的姑娘。不过性格和小丰川可不一样，人家一点没把自己当女的，撒娇什么的一概全免。你们可得小心点啊，胆敢骚扰人家的话，小心被她踢屁股！"

"你把我们当什么人了？咱们可都是正经人，哪能那么不绅士！"

"据说她是冲着当工地监理来的？"

"可不是嘛！说是过世了的父亲以前就是干咱们这行的。而且，人家可是名牌大学毕业的。虽说还缺少点经验，又是个女的，可对咱公司来说，那就是十年都不一定能碰见的大鱼！以后她在工地上实习的内容也跟丰川不一样，据说要从监理业务开始。老板让大伙儿多教教她，争取半年内达到监理助理的水平。"

"没问题，老板发话了，那还用说？"

等千叶真奈美一熟悉监理业务，社长就打算让她积极参与部分联合竞标项目。这类项目是由几家同行临时组建承包联合体，以便共同竞标较大规模的工程项目。从前，大悦土木虽然屡次报名参加，但往往空手而归。其中很重要的一个原因就是经验不足、缺乏人手。看来，大悦社长期待着千叶真奈美在联合体项目中为他争取一席之地。

诚治下班回家，母亲寿美子迎了出来。能出门迎接儿子，说明她现在的精神状态比较稳定。但是，当她一个人待在家里不出门时，又会陷入低迷沉郁的情绪。

那天冈野医生说过，只要身处在相同的环境里，就不能指望她的病会彻底痊愈。家里住的这座房子，现在已变成令寿美子备感压力的监狱。

白天一整天独自在家，寿美子时常感到不安。年轻时，她曾一度很热心地在外面找点零工做。如今看来，应该是潜意识里不愿独自待在家里，想要去外面暂时逃避一下吧。

不过，诚一很不情愿寿美子出去打工。在他看来，老婆出去打零工，分明就是告诉别人自己赚的钱不够养家嘛。寿美子不得不看诚一的脸色，时断时续地打了几年工。最近这几年，已经彻底地变成全职家庭主妇。以她现在的精神状态，再让她出去打工也不可能了。

假如从前能在白天出去打工散散心，也许老妈的情况就不会这么糟糕。唉，事到如今，再想这些也晚了。诚治看着母亲的侧影感慨。过去母亲的体重一直很正常，现在她好像比那时瘦了十公斤。侧影最能显示出体型的消瘦，她现在单薄得就像个纸片人。

最近，诚治开始在晚饭后学习记账。诚一绝对是位一流的导师。经过他的调教，似乎天生与记账无缘的诚治居然也轻轻松松地达到了三、四级记账员的水平。

"一级虽然还有差距，不过参加下次二级记账员考试应该没问题。应付你们这种级别的公司的日常会计工作，二级记账员已经绰绰有余了！"

诚一本人可是拥有一级记账员的专业资格，"会计鬼才"绝非浪得虚名。

"麻烦的是那个建筑业会计师资格，难度还是很大。光凭在家自学不可能通过考试。你们老板真想让你考那个的话，就得提供经费，让你去专门的培训学校上课。"

大悦社长从不吝惜这方面的费用。不过眼下还是先把记账学好再说吧。

只要工作不忙，诚一基本上每天都会给诚治辅导两个小时。

寿美子总会看准时机，适时地给父子俩端上茶。

"你妈最近的情况怎么样？"某天，当寿美子放下茶转身出去后，诚一难得主动发问。父子俩都自然而然地压低了嗓音。

"冈野医生说……只要还住在这座房子里，我妈的病就很难痊愈。即使恢复到一定程度，可能还会有情绪波动的情况……"

"她好像比以前好多了嘛……"

"拜托！"诚治难以自控地低吼起来，"爸，您可别跟我说，既然她都好了，也就不用再费事之类的话！我妈的病只是刚刚好了点，可不是彻底没事了！"

诚一似乎倒吸了口凉气，不再言语了。

显然，儿子戳破了他的心事。

"您忘了以前我妈是多爱笑的一个人？她对您来说就这么无足轻重吗？这些年，她自己一个人承受着那些烦心事，还要在咱们面前强颜欢笑！您再看看她现在，多久没露出过笑脸了？老是一副惶恐不安的表情！"

这次，诚治没有再发火，诚一反而老老实实地听着。

"我妈不是您所说的那种心理脆弱的人。她脆弱的话，能为了保护不知情的家人，自己把受邻居欺负的糟心事扛上二十年吗？我妈就是为了不让咱们难受，一直在独自默默承受。您还好意思说她心理脆弱？反正我觉得，她比咱们都坚强！我希望能让她重新露出笑脸，就这么简单！求您了，爸！"诚治再一次恳求父亲，又低声补充道，"我和姐都真心希望您别对我妈的病掉以轻心。我俩本来都挺尊敬您的，要是以后您再说什么'不用再费事'之类的话，想让我们尊敬您可就难了！"

没人知道诚一跟家人之间的亲情纽带究竟有多深。甚至，这种纽带存不存在都还是个问题。

但是，如果现在他对妻子的病仍然抱着不以为然的轻率态度，这种亲情纽带将会永远地、彻底地消失。他将永远得不到子女的原谅。

诚一没有作声。

趁着这工夫，诚治收拾好书本，站起身。"谢谢您的辅导，明天还要继续麻烦您！"

说罢，他不等父亲再说什么，也不给父亲再次反驳或辩解的机会，像逃跑一样离开了客厅。

按照当初的约定，千叶真奈美在一个月后前来报到，并开始与丰川一起在工地实习。

那天，诚治一早来到公司，发现真奈美已经等在办公室门口了。

最近诚治总是最早到公司的那个，在他没来之前，自然也没有人替真奈美开门了。

"噢，抱歉！你等了多久？"诚治边停电动车边问。

雀斑妹还是那么一本正经。"只等了十分钟左右，您别客气。第一天报到，当然要早点来。"

"好……那就请先进屋吧，顺便先把劳保用品领了。"诚治开了门，俩人一起走进办公室。

"这是工作服、安全帽和安全靴。都是按你之前告诉我们的尺寸准备的。"

"好的。啊，对了，我也有东西要交给您！"说着，真奈美拿出保险卡什么的递给诚治。

上次给丰川办入职手续的时候，诚治已经了解过社保方面的手续。这一次，他就可以不用再去找大悦咨询办理了。

收好保险卡，诚治走出了办公室。

"然后，是你的更衣室……"他带着真奈美走上活动板房的二楼，打开一个房间的门，"地方不大，还请你见谅。就是把原来的储藏室用隔板隔了一下，更衣柜倒是都有。"

"没关系，这样就已经很好了。储藏室里放的是……"

"是些还没过保存期限的文件什么的。都是些平时不大用得着的东西，所以这里一般不会有人来，请放心。实在不行的话，还可以把门锁上。"

"好的。"

"社保手续今天就能办好。"

"这些事情都是您在亲自负责吗？"

"顶着个业务部主任的头衔，其实也就是个光杆司令。反正，从行政到销售的活儿都归我管，"诚治笑着回答，转身走出门，"具体的入职手续一会儿再跟你交代，你换完衣服就下来吧。今天给你排的是早班，如果带饭了别忘了拿上。不过，夏天还是别带饭的好。"

听诚治这么说，雀斑妹好奇地扭过头看了看他。"您也在工地上实习过？"

"哦，我原来在工地上打工，让社长把我给招到公司来了，刚来了半年多。夏天带饭容易馊，还是现买比较放心。"

"原来如此。"千叶真奈美若有所思地点点头。

"什么？"

见诚治不解，真奈美又恢复了一本正经的神情，解释说："看到咱们公司的招聘条件时我就想，在工地实习半年这个想法很好。招收大学毕业生来负责业务，可能是公司出于扩大规模或稳定业务基础的需要，还可以理解；但谢绝应届生这条呢，可能会吸引很多并不真正想从事土木或建筑工作的人。所以最后再加上要求在工地实习半年的条件，这样一来，就可以把这部分经不起考验的家伙都过滤掉。这个主意，一定是您想出来的吧！"

"算是吧……"

"这可真是个了不起的主意。"真奈美一脸真诚地夸赞道。

诚治苦笑着摆摆手，脸上还有点火辣辣的。他长这么大，还从来没被同龄的女生当面夸奖过。

"没什么没什么。我来这儿打工之前，也是个特别不靠谱的人。所以这次嘛……也是为了别让那些跟我当初一样不靠谱的家伙混进来。"

"那也挺厉害的，"真奈美看来是夸定他了，"我就是看到那个条件，才在明知你们不招工地监理的情况下还想试试的。我觉得，能提出这种要求的公司挺有意思的。"说完，她又像意识到什么似的，赶紧转换了口气，"不好意思，这么说是不是有点太狂妄了？"

"没事没事……就是说得我有点不好意思了呢。那我就在下面的办公室等你。"说着，诚治赶忙走出这间从今天开始已经变成女更衣室的屋子。

真奈美没过十分钟就收拾停当下楼来了。在繁忙的工地现场，做准备工作时磨磨唧唧的人最招人烦。果然是穿着套装就能扛水泥的丫头啊，跟平常女生就是不一样。

真奈美手里拿着安全帽，还有一个好像是专门在工地上用的帆布背包。大老爷们儿都是两手空空地上工地，女性到底还是不一样。

"记住，第一条，要管社长叫'工长'。"

"为什么？"

"在工地上，他不喜欢人家管他叫社长。而且，他没事就爱去工地。"

至于大悦社长最近太忙、抽不出空去工地、脾气不太好之类的内幕，因为多半也有他的原因，诚治暂时没敢告诉真奈美——虽然很对不起新人，但这些还是由她自己慢慢发现吧。

"公司现在一共有三位工地监理，你分别跟每位实习两个月。不过，根据工程的进展情况，实习期有可能会略微延长些，没问题吧？"

"那倒没关系。不过，为什么要分别跟三个人实习呢？从头到尾跟着一个师父，不是更能系统地学习吗？"

"这一点公司当初也考虑过。不过三位监理各自擅长的领域不同。在保证工程整体质量合格的大前提下，糟谷监理比较擅长样板类工程，新保监理擅长主体工程，而坂东监理则比较注重细节的处理。"

听诚治这么一说，真奈美好像明白了公司对她的培养意图。"您是说，因为我是科班出身的新人，所以想让我分别学习各位前辈的经验，对吧？不过，反正以后我也会当监理助理，早点跟各工地的工友师傅们熟悉一下正好。"

然后，诚治又向她介绍了发薪日等琐事。

都介绍完了之后，诚治问："你还有什么问题吗？"

"打扫卫生的工具在哪儿？"

"啊？"

"打扫卫生什么的，不是新人第一天上班的任务吗？"

哦，诚治这才反应过来。二楼平时没人上去，一般不用打扫。他自己每天早上上班前，通常会把一楼的办公室简单收拾一下，二楼就那么一直闲置着。直到前几天，因为要给真奈美准备更衣室，才百年不遇地清理了一下。

"也好，以后二楼就归你打扫。工具都在一楼走廊的工具箱里。"

"明白了。"真奈美点点头。

"早——安——各位！"随着一声怪叫，办公室的门被推开，丰川张牙舞爪地蹿了进来。

"今天来这么早，少见啊！"

"不是说今天有位新来的美女嘛，人家可是一直期待着呢！"

值不值得期待，等你见了本人再下结论吧。诚治心中偷笑。真奈美可不是"职场花瓶"，丰川你想太多了。

"你好！是千叶真奈美小姐吧？我是比你早来公司一个月的前辈丰川，以后还请你多多指教哟！"

真奈美根本没理会丰川伸过去的右手。

"我怎么不知道还有一位前辈啊，丰川哲平君？我只是要跟原来的公司办交接，才晚来了一个月报到。按录取时间计算，我们应该是同期吧。真要说前辈的话，武主任才算是我的上司兼前辈，你就算了吧。"

"哎呀，别这么见外嘛！"

"我可不喜欢被同期的家伙当后辈。落下的实习进度我会尽快赶上的。再说，就算是实习，我和你要学习的东西也不一样。"

哈哈，果然。早有预感的诚治看着面前两位一见面就斗嘴的新人，笑着摇摇头。

"作为一名新人，你来得也太晚了！难道不应该早点来主动打扫卫生吗？"

公司里净是些油瓶子倒了都不去扶的粗汉子，也没人教给丰川一点"新人"的规矩。现在，总算有真奈美来教育教育这小子了，诚治乐得在一旁看热闹。

"咱们公司根本就没人打扫卫生嘛！再说，为了欢迎千叶小姐，人家今天不是特地早早就来了吗？"

"打扫卫生本来就是新人该干的！武主任天天打扫，你没看见吗？"

"武哥救命，这女的好厉害……"丰川躲到诚治背后夸张地叫着。

诚治觉得是时候打打圆场了。"千叶，别理他。他之前没有正式上过班，不大了解这些规矩。咱们公司净是些粗枝大叶的大叔，把这小子惯坏了。我现在不常去工地，没法调教他，看你很有经验的样子，索性以后把他交给你带怎么样？"

"喂！武哥，你竟然出卖我！"丰川哀号。

"傻瓜，你将来不是打算做销售吗？连职场上的常识和礼数都不懂，以后还怎么跟客户打交道？我也没在大公司上过班，教不了你。千叶可是从大公司出来的，正好给你当老师！我这可是为了你好啊，小子！"说着，诚治向真奈美点了点头，"这小子就交给你了，拜托拜托！"

"明白。"诚治的话音未落，真奈美便立刻向丰川下达指令——或者说，命令，"打完卡、换好衣服之后，就开始打扫更衣室。务必要在各位前辈上班前打扫完毕！而且，不光是今天，从今以后要变成惯例。好，马上行动起来！"

"天啊……"丰川作哭哭咧咧状，一步一步地挪到放在办公室门口的打卡机旁。

打卡机一直是放在更衣室里的。不过，那样一来，真奈美每天就要跑到男更衣室里去打卡，所以，诚治索性把它搬到了外面。

"我先去打扫楼上……啊，对了，待会儿出发去工地时在哪里集合？"

"在办公室也行，直接跟着带队监理走也行。"

"明白。"千奈美答应了一声，起身要走。诚治赶忙又叫住了她："千叶！"

"嗯？"

"那什么……丰川虽然看起来疯疯癫癫的，但是人并不坏，他爱卖萌也是种本事。你不知道，他才来了没几天，工地上的大叔人人都喜欢他。所以呢，我觉得，他身上也有值得你学习的地方，今后你俩还是要好好相处。"

真奈美歪头想了想。"您是说，我这个人不大好相处？"

聪明而又率直，也算是一个长处。诚治索性也开诚布公："有那么一点。"

"因为我是女的？"

"跟性别和性格都有关。一方面，你可能对自己的女性身份比较敏感；另一方面，虽然你性格稳重，也稍微耿直了点……尤其是在建筑公司这种以男性为主的地方。你别小看丰川，他唧唧歪歪卖几下萌，就能很快跟师傅们打成一片了。"

"明白了，谢谢指教！"真奈美低头道谢，又打了卡，便径自上二楼打扫去了。

对于丰川，诚治觉得无需再做交代。一来，怕说多了那小子顺杆爬；二来，他的自来熟是天性使然，无需他人指点。丰川今天肯定会在师傅们中到处八卦，说什么新来的姑娘真厉害之类的，不知不觉中已经把真奈美介绍给了大家。

大悦社长和其他监理来到公司后，诚治逐一向他们介绍了真奈美。过了一会儿，真奈美就跟着擅长做样板工程的糟谷监理出发去工地了。

等监理和工人们都出去后，大悦社长问诚治："感觉怎么样啊？"

"挺好的，就是稍微有点倔强。不过，我已经跟各位监理打过招呼了。她跟丰川应该比较互补，彼此相互习惯可能还需要一段时间。另外，我也考虑让她教教丰川有关商务礼仪方面的事，光会撒娇卖萌做不了销售。跟千叶分配到一组，丰川能学到不少东西，没准实习期满后就能出去应对客户了。这方面，他肯定比我擅长多了。"说完，诚治苦笑着挠挠头。

大悦社长干脆地说："干得再好，他也是你招来的。当初我没看错你！"

这突如其来的夸奖让诚治一下子面红耳赤。最近老是挨骂，他都不大习惯被表扬了。

"谢谢社长。"

"听说你已经开始练习记账了？顺利吗？"大悦社长似乎也有点不好意思，又转换了话题。

"我老爸本身就有一级记账员资格，也很会教人，所以这些天一直让他给我辅导。半年后有二级记账员资格考试，他让我先朝着这个目标努力。"

"时间还算比较富余，然后呢？还要再考一级记账员资格吗？"

"一级的难度太高了，我爸说，一般的公司财会人员，有二级证书就足够了。不过，建筑业会计师资格光靠自学还是比较困难，他本人也辅导不了。如果全凭自学的话，最多能考到四级，要考三级的话就需要参加个培训班了。二级嘛，以我的年龄和工作经验，恐怕参加培训的资格都不够……"

"自学能拿下四级吗？"

"应该差不多。据我们家老头说，如果能通过二级记账员资格考试的话，大概不会有什么问题。"

"那你就多努力努力，争取先攻下二级记账员和四级建筑业会计师资格。以后可以抽空上个培训班什么的，挑战一下三级。只要你考下二级记账员，后面所有的培训费全部由公司给你报销！"

该花钱的时候绝不手软，这就是大悦社长的风格。

"只要不耽误正常的工作，平时在班上也可以学习。怎么说也算是工作的一部分嘛。不过，你家里那位辅导老师，我就只能口头道谢了。"

"是。那我一会儿去办千叶小姐的社保手续，然后顺路买几本教材。"

听诚治说起社保的事，大悦社长一下子兴奋起来。"今后再有人事变更，咱们再也不用去求那个讨厌的大悦咨询了，好！太好了！"

虽然人员变动还需要知会大悦咨询方面，但各种手续的办理再也不需要依赖对方了，也不必被他们在委托手续费上大敲竹杠。诚治入职后，亲自去了解了有关手续的办理流程，还整理出一份详细的申请指南。所以，现在，大悦土木——或者说，诚治本人，终于能够自己办理相关手续，为公司节省了一大笔开销。

对于一般公司来说，这本来就不是什么麻烦事，也不需要特殊的技能。为这件小事支付大笔管理费本来就很浪费，所以节省这部分开支的任务，自然而然就落到业务部主任诚治的肩上。

千叶和丰川的"霸气加卖萌"组合开局顺利。出乎诚治的意料，师傅们很快就接受了千叶的加入。一个女大学生，脏活累活还抢着干，就冲这一点，师傅们对真奈美不由得刮目相看。传说中"小套装力扛水泥袋"的事迹果然名不虚传。何况真奈美在工地上从来没有怕脏怕累过。

"这丫头，真有冲劲！连刚挖出来的臭烘烘的下水管道都抢着扛！听说平时干活也很用心，学起东西来很快！大伙儿都快忘了她和丰川谁是先来的了！"

"她和丰川相处得怎么样？没吵架拌嘴？"

"你还替丰川那小子操心啊？他和真奈美的关系现在可比你铁！"听师傅们哈哈大笑，诚治少见地心里有些不痛快。

"他俩一来，你们又有新的八卦话题了吧？"

"嘿，两男一女，那不就是'美梦成真'① 嘛！"大叔们最近常趁着打卡的时间拿诚治逗乐。

"你这信息早过时了！'美梦成真'现在只有两个人了！再说了，千叶是我派去的，让她多教教丰川商务礼仪什么的。他俩关系好我有什么不高兴的？"

"要那么说，千叶这丫头带徒弟可够厉害的，你是没看见，那一路连踢带打的！"

千叶真奈美还有这么野蛮的一面？除非亲眼所见，否则诚治怎么

---

① 美梦成真（Dream Comes True），日本著名音乐组合，成员包括一名女性（主唱吉田美）和两名男性（团长中村正人、西川隆宏）组成。后西川隆宏退居幕后。

也想象不出那种场面。

"不过丰川那小子，虽然在自己人面前还是照旧满嘴跑火车，可是跟外面的人说话还真开始学会用敬语了！看来千叶酱的教育很有成效啊！"

"千叶……酱？"

"可不！咱们工地上人人都这么叫她。"

这也混得太熟了吧，诚治心里嘀咕，不过，嘴上没再问什么。

"丰川天天黏着她，还一口一个'姐'得叫个没完。"

"姐？"一边天天被人家教训，一边还不嫌肉麻地叫姐？丰川，你还真是傲娇啊！

不久，夜班工人陆续来上班，交班打卡的人群来往忙乱了一阵。办公室里好不容易清静下来时，真奈美也从工地回来了。

"您辛苦了！"在诚治面前，真奈美总是一副严肃认真的样子，大概觉得他既是上司又是前辈，始终不大放得开吧。

诚治打算先逗逗她，反正现在屋里也没别人。

"哦，回来啦——千叶酱？"

丁零哐当一阵声响。诚治抬头一看，真奈美像是绊了一跤似的斜靠在放打卡机的柜子上。

"主任，您怎么……"

"听师傅们说的——看来他们都挺喜欢你的。"

"承蒙您的指教。"真奈美斜着身子打完了卡。

"那以后我也这么叫你喽!"

"还是不要吧!"真奈美简直有点惊慌失措,"您可是我的上司。被上司这么叫,我会……不知该怎么回答,有点手足无措。今天我跟糟谷监理也这么说来着。"

"怎么会呢?别总是上司上司的,我可不算你上司!"

"虽然不是同一个部门,但您的职位比我高,还是前辈。"真奈美窘得语无伦次,仿佛已经迫不及待地想要逃跑了。

诚治没想到她还有这样的一面,颇觉得有趣。大叔们的八卦完全是捕风捉影,她对自己的印象根本就停留在"公司领导"嘛。

"工地的师傅们说,丰川那家伙现在对外面的人说话开始老老实实用敬语了?"

"是……"

"看来是你教导有方啊,太谢谢了!不过这小子可会装蒜了,你可别上当。千万别大意,一定得严格管理。"

真奈美的身体歪得更厉害了,突然,她猛地对诚治鞠了一躬,大声地喊了句:"您辛苦了!我今天就先告辞了!"直起腰便一溜烟地跑走了。

听见她咚咚咚上楼的脚步声,诚治再也忍不住,哈哈哈地笑出了声。

两个月后,真奈美和丰川又转到新保监理负责的工地实习。

早上，虽然天下着绵绵细雨，诚治还跟往常一样骑电动车去上班。一到公司门口，便见真奈美和丰川打着伞蹲在办公室门口。

"一大早的，出什么事了？"诚治停下车，掀开头盔上的面罩问。

地上蹲着的那俩人听见他的声音，一起抬起头来可怜巴巴地望着他。

"快递？"诚治瞥见俩人的伞底下放着一只湿透了的纸箱子，但箱子上并没有贴着快递单。

哦，明白了。

诚治哭笑不得地放下面罩。"别愣着了，无论如何先弄进屋里去！我马上就来。"真奈美和丰川都有办公室的钥匙。

打发走他们，诚治先去把车停好，又把雨衣脱下来搭在屋檐下晾着。然后便一溜小跑地来到办公室。

真奈美和丰川到底还是没敢把箱子搬进办公室，只是把它挪到了走廊上，然后一左一右地蹲在箱子旁边。既然走廊上淋不到雨，他们索性打开了箱盖。

伴着淅淅沥沥的雨声，诚治听见箱子里传来微弱的动物叫声。

是刚出生的小猫吧？听声音好像还很虚弱。诚治凑过去一看，见箱子里是两只小奶猫，一只花的，一只黑的。

"还愣着干吗？赶紧拿到屋里来！"说着，诚治便掏钥匙开了门。

丰川慌手慌脚地抱起纸箱进了屋，放在地上。"唉，这该怎么办啊……"见平时镇定自若的真奈美都一副手足无措的样子，丰川也像跟屁虫似的手忙脚乱起来。

"喂，你俩是小学生吗？"诚治又好气又好笑，赶紧给他们布置任务，"千叶，去组装只空纸箱！丰川，你去更衣室拿几条干毛巾来——知道放在哪儿吗？"

"是！"俩人同时答应，丰川掉头就往门外跑，真奈美则麻利地从堆在办公室一角的包装材料堆里翻出只纸箱开始组装。

诚治根据自己以前养猫的经验判断，小黑猫的情况看来不大妙。它的体型比那只花猫明显小了一圈，动作和叫声也都微弱无力。

真奈美刚组装完箱子，就听见院子里丰川啪嗒啪嗒跑来的脚步声。

"毛巾来了！"他没来得及打伞，肩上背上都淋湿了一大片，胸前抱着的毛巾却是干干的。

几个人赶忙把毛巾铺在刚组装好的箱子里。

"对了，丰川！先替我打卡，差点忘了。千叶，你负责把小花猫擦干，麻利点！"诚治自己则轻轻抱起了那只小黑猫。见两位后辈一脸紧张，诚治开始担心起来：万一待会儿看见自己亲手摸过、抱过的热乎乎的小猫有个好歹，他们会不会小小崩溃一下？

"武主任，您挺懂行的啊！"

"以前我也捡到过小猫。"

"后来收留它了吗？"

"嗯，养了好长一段日子。"

那还是诚治上小学四年级时候的事。他和姐姐亚矢子一起把小猫带回家时，母亲还把姐弟俩训斥了一顿："不能随随便便把小动物带回家。"不过，生气归生气，她到底没舍得让他们再把小猫送回原处，一边发着牢骚，一边对小猫疼爱有加。那只多灾多难的小猫，在之后的很长一段时间里，就是母亲唯一的安慰吧。

"它们不会有事吧？"真奈美问。

"那就要看它们自己的生命力了。"诚治坦率地说，"丰川，今天不用打扫了，赶紧去便利店买点暖宝宝，多买点！现在这个季节，应该有卖了。万一没有的话，就买只两升的宠物水瓶，还有小包装的牛奶。"

"据说小猫喝牛奶不太好……"真奈美插嘴说。

"是，喝了容易拉肚子。可是现在宠物店和兽医院都还没开门，与其干等着还不如让它们先吸收点营养再说。我猜便利店里大概不会卖猫咪喝的专用奶粉。"说着，诚治又对丰川吼了一句，"要是宠物用品店有卖猫用牛奶的话就赶紧买几瓶！对了，"他又掏出电动车的钥匙扔给丰川，"骑我的车去，十万火急，注意别撞了！"

离公司最近的便利店，走路过去大概要十分钟的样子。

"好嘞！"丰川接过车钥匙扭头就往外跑。

"那，待会儿怎么办呢？这些小家伙。"

"我在办公室先照看着吧。看天气预报，上午雨就会停了，估计你们还是要去工地。如果社长批准的话，一会儿我就带它们去看兽医，顺便再买点给猫咪喝的牛奶。"

过了大概十分钟的样子，丰川回来了。果然，便利店里不卖猫咪牛奶。"不过，我特地咨询了店员，据说这种牛奶它们不大容易喝坏肚子。"说着，丰川举起手里的塑料袋。

"呃，那可有点糟糕。不过，还算你小子机灵。"

"没想到吧？我也是个很细心的人哟。"

"好了好了，花了多少钱？"

"钱就算了，小东西们毕竟是我捡回来的嘛。"

"那我也有份。我跟你前后脚到的。"真奈美也在一旁插嘴。诚治生怕两个小朋友再啰嗦拌嘴，赶忙大吼一声："好了好了！丰川把购物小票给我！回头看完兽医一块儿算账，咱们三人 AA 制，行吗？"

被镇住的丰川乖乖地从钱包里掏出小票递给诚治。

"丰川，暖宝宝热了以后就把小猫放上面！但别直接放在暖宝宝上啊，拿两块毛巾包上！"

"哇，帅气啊！武哥，您现在的形象不知道有多高大！"

"废话，难道我以前就不高大吗？"诚治回敬了丰川一句，又冲着真奈美说，"千叶，你帮忙热点牛奶！厨房里的活儿我可不大擅长。"

"好嘞！"俩人又一起跑到一楼的茶水间。

"哎呀，拿什么热牛奶啊？都没有锅啊。"

诚治扫了一眼茶水间，见里面只有水壶、平时用的马克杯和给客人泡茶用的茶壶什么的。

办公室里的人都习惯了喝速溶咖啡，偶尔来客人也只是倒杯茶招待，茶水间几乎不做他用。诚治不禁感叹，真是浪费啊。

"哎，能拿水壶热奶吗？把奶瓶放进去烫热？"

"武主任，这儿有个微波炉！"真奈美东翻西找，发现了一台老掉牙的微波炉，大概是以前给带饭的人中午加热盒饭用的吧。

"用微波炉怎么热牛奶啊？"

"倒在马克杯里就行！加热两分钟……"

"知道了！"诚治说着往马克杯里倒了半杯牛奶，又把杯子放进微波炉。

按真奈美说的加热两分钟后，牛奶热得都发烫了。不过没关系，待会儿用汤勺吹凉点，一口口喂就行了。

"我问问工地上的师傅，看有没有人愿意收养它们。"真奈美一边往回走一边说。

诚治赶忙制止："先别着急，等它们好点了再说。小病猫不好伺候，等治好了人家才愿意收养。"

"是吗？"两只小猫眼下还命悬一线，真奈美一向聪明伶俐，却没听出诚治话里的弦外之音。

回到办公室，诚治先给那只相对健壮一点的小花猫喂奶。

汤勺喂奶很不方便，牛奶洒得到处都是。

"喂！"诚治从口袋里掏出手帕递给真奈美，"把这个用开水烫一下！待会儿用它蘸上牛奶让猫咪直接吮吸反而还快些。"

"是！"真奈美飞快地答应着，拿着手帕就往茶水间跑。

不一会儿，她就用同样的速度一路小跑地回来了，递给诚治两块手帕：一块是诚治的，另一块上面印着花，显然是她自己的。

"另一只请让我来喂吧。"

"那你就喂那只花猫吧。"诚治二话不说，就把小花猫抱起来递给真奈美，另一只手则托起了小黑猫。唉，小黑猫果然连体重都轻一些啊。

"看着啊，就像我这样。"诚治把手帕揉了揉，伸到马克杯里蘸了些牛奶，又把吸足了牛奶的手帕角伸到小黑猫的嘴边。不出所料，小猫叼着手帕角开始吮吸了起来。

"哇！"听见真奈美少见地又叫又笑，诚治知道小花猫那边也搞定了。不过，小黑猫吸奶的力气明显比小花猫小。

"再坚持坚持哟，拜托你啦！"诚治在心里默念着。可惜，好像是没听见他的鼓励，小黑猫还没吃几口，就无力地躺了下去，再也不肯动了。无论诚治怎么把手帕送到它的嘴边，它也不肯再动一动。诚治只好把它又放回用暖宝宝铺好的窝里。先让它暖和一下，恢复一下体力再说吧。

小花猫还在继续喝奶，直到小肚子撑得圆鼓鼓的，才把嘴从手帕拧成的"乳头"上松开。

"哎哟，哪儿来的小猫啊？"工人们陆陆续续来上班了。

"有人扔在咱们门口，我们给捡回来了。"

"这么可爱的小猫，怎么忍心扔掉呢，真不是人！"师傅们一边爱抚地摸摸小猫，一边愤愤然地骂着那个丢猫的人，随后各自去打卡、换衣服。

"千叶、丰川！你俩也赶紧去换衣服准备上班，剩下的事都交给我吧。"

两个小朋友一步三回头地去了工地。

"哟嗬，小猫啊！"从大悦社长到各位监理大叔，见到小奶猫都异口同声地大呼小叫，看来公司上上下下都很喜欢小动物。

"唉，老有这种事，把小狗小猫随便丢弃在别人家门口，真不是东西！"

"可怜哟，昨天下了一晚上雨，两只小东西居然还能活到现在。"

"我早晨来的时候，看见他俩在公司门口一筹莫展。那可怜劲，就像两个小学生似的……万幸他们发现的时候小猫还活着，要不然啊……"

还真让诚治说中了。那两位人虽然在工地上，但据说整整一天都心不在焉。

"现在怎么样了，能养得活吗？"大悦社长问他。

诚治也不太有把握。"小花猫应该没问题，小黑猫就难说了……"

"真是啊，你看它一动不动的。"坂东监理挺难过地摸摸小黑猫。

"对了工长，我想拜托您……"

看着支支吾吾开不了口的诚治，大悦社长不由分说就直接下了命令："这附近最近的宠物医院在便利店前面的十字路口左转五十米，早上九点开门。你可以开公司的轻卡去，看病的时间调换成免费加班！"

"谢谢您！"

不幸的是，小黑猫没能坚持到医院开门。它的身体越来越冷，越来越硬。无论兽医怎么努力都没有重新活动的迹象。

"可怜的小东西，唉！"社长叹道，"找个工地的角落埋了吧！"

诚治托着那个一只手就能包过来的小身体站起身来，从仓库取出把铁锹，在空地上找了个地方开始挖土。一锹、两锹……诚治生怕不够宽敞似的，在潮湿的地面上挖了个很深的坑，然后把那个黑色的小身体轻轻地放在坑底，最后摸了摸它的毛，轻手轻脚地填好了土。

把铁锹放回仓库，诚治又往办公室走。刚走到门口就听见屋里的猫叫，是那种饿坏了的小猫尖尖细细又很急切的叫声。

"这小东西精力真旺盛，要是能分给它兄弟点就好了。喂，诚治，赶紧喂喂它，别让它再叫唤了！"大悦社长心疼不已地命令诚治。

诚治端起已经冷了的牛奶又往茶水间跑。

喝完牛奶，该让小猫排便了。诚治用蘸着温水的面巾纸刺激了一会儿小猫的肛门，一小团排泄物便慢慢地流了出来。

"啊，吃了也拉了，这下总算没事了！"

"哟嗬，你还挺有经验的嘛！"

"以前看我妈养过。"

"她现在怎么样？"社长与其说是在问候，不如说是委婉地关心寿美子的病情。

诚治含糊地笑笑，说了句："还行吧！"

只要住在现在的房子里，她的病就不可能彻底痊愈——这样的话，怎么能开口跟社长说呢。非但于事无补，还会让社长白替他担心。

不过，阅人无数的大悦社长似乎从诚治的表情中看出了些什么，随即转换了话题："宠物医院马上就要开门了，要去的话就赶紧去！"

尽管如此，诚治还是感受到了社长的关怀。

宠物医院的人一看诚治穿的工作服就认出他是大悦土木公司的。看来，公司遇到的猫猫狗狗的事还真不少。

"是啊，被人扔在我们公司门口的，麻烦您给看看。"

"哦，是只小母猫。起名字了吗？"

"还没有，它的主人还没找到，我先临时喂着。"

"建病历要写名字，那就暂时叫它'小花'吧。我们先来给它做个检查吧。"

医院自有一整套检查流程，从称体重到量体温不一而足，最后是检测粪便和血液。

"体质有点虚弱，但没什么大问题。今后还是按每个月一次的频率检查粪便。注意多检查几遍，只查一遍的话，有时候会出现寄生虫漏检的现象。除此以外，注意保暖、保证营养充足就行了。"

"它多大了？"

"应该还没满月吧，连牙都没长。现阶段只能喝奶。"

唉，那只不知道是它兄弟还是姐妹的小黑猫，身体只有那么一点大，看来真是刚出生不久的样子。

结账的时候，诚治顺便买了猫用牛奶和奶瓶。诊疗费大约是一万左右。做了那么多的检查，这里的价格算是很公道了。

整整一天，诚治一边处理工作，一边练习记账，还要不时地抽空照顾小花的吃喝拉撒。眼看快到白班工人的下班时间了，诚治一遍遍地瞄着时钟的指针，心里越来越紧张。

院子里刚传来面包车和轻卡的引擎声，真奈美和丰川便一阵风般冲进了屋，不约而同地扑到放猫咪的箱子前，又不约而同地忽然安静下来。

丰川终于下了决心似的问："小黑呢？"

"没救活……我已经埋了，想去跟它告别吗？"

见诚治转身带路，丰川轻声咕哝了一句，只好跟了上来，真奈美也默默无语地跟着他们往外走。

"今天一整天她可都在惦记这两只猫。"丰川在诚治耳边嘀咕。

诚治带着他们来到埋葬那只小猫的地方。两个童心未泯的大孩子蹲下身去，双手合十。

诚治也半蹲下，合掌默念。

"小花怎么样？去过宠物医院了吗？"丰川忽然问。

"去了，只是有点虚弱，总体上还算健康，保证吃饱睡暖就没事了。今天白天还精神头十足地喵喵喵叫了半天。"

"以后咱们好好照顾小花，把小黑的那份都给它！"

这小子，嘴真甜。诚治心情复杂地对丰川点了点头。其实，他心里也一定难过得要命，只是为了减轻真奈美的悲伤，才拼命把事情往美好的一面形容。

"噢，你俩还没打卡吧？正好，把看病的钱也顺便 AA 制了吧！"

"对对对！"

"哎呀，我都给忘得一干二净了，赶紧回去吧！"

回到办公室，三个人先打完卡，又开始算账。

"哇！宠物医院看病这么贵！"

"这已经算是便宜的了，不是还买了牛奶和奶瓶嘛。"

真奈美听着诚治和丰川讲话，自己却一语不发。算完账，他们又开始商量小花的安排——在找到新主人之前，谁来养它呢？

"抱歉抱歉，我租的房子不让养宠物。"丰川低头道歉。

诚治笑了笑。"那我带回去吧，而且我家离公司也近。"

"可是……"真奈美终于开了口，"猫咪是我俩捡回来的，丰川那里不能养的话，怎么说我也该……"

"你以前养过猫吗？"

"没……"

"那就交给我吧，我妈妈很喜欢猫的。"

白天照顾小花的时候，诚治忽然想到，对于天天在家中坐立不安的母亲来说，没有什么礼物比一只嗷嗷待哺的小猫更好了。自然，母亲也许会反对，怕再一次遭遇可怜的小咪的悲剧。不过，先带回去试试又有何妨？就说是找到新主人以前先暂时照顾几天，时间一长，如果没有找到收养的人，小花自然就留在家里养了。幸好当初养小咪时的宠物用品都没扔掉，可以拿来给小花接着用。

"你俩问问工地上的师傅有没有人愿意收留小花，我负责在办公室这边打听打听。不过，要跟人家说清楚，必须等打完疫苗后才能把小花送过去。"

"是！"丰川干脆利落地回答，又朝放猫的箱子里看了看，伸出手轻轻地抚弄着熟睡的小花，嘴里还咕哝着，"一定会帮你找个好人家哟。"

"给您添麻烦了！那……那我们就先告辞了！"真奈美慌慌张张地向诚治鞠了个躬，拉着丰川就往外跑。

"怎么还没走？"大悦社长问诚治。

"上午给猫咪看病花了一个多小时，怎么也得用免费加班补回来吧！"诚治笑着回答。

"哼！"社长貌似愤愤然地冷笑了一声。不过，诚治最近已经摸透了社长的脾气，知道他这声"哼"后面没说出口的话应该是"就你会装乖"之类的，并非真的动气。

加班的时间，诚治用来专心练习记账。

"时间不早了，社长，那我就……"诚治合上书本，从座位上站起身来。

"小猫怎么办？"

"放在电动车的后座带回家吧，反正我家离得也近。外面用气泡膜把箱子包好，万一半道箱子掉了它也不会受伤。"

说着，诚治就收罗了一些被当成半成品堆在墙边的塑料气泡膜，把小花的箱子从上到下包了厚厚的五六层。

"还得借用一下公司的胶带，好把箱子封口。"

"车上有绑东西的绳子吗？"

"嗯，后座上缠着呢。"

"那就行。哎，你先别忙着走！让我抱一会儿猫！"

大悦社长从座位上站起身来，脸上的表情好像换了一个人。看来他白天碍于社长的身份一直在强忍着，现在终于能亲近猫咪，简直笑开了花。诚治看着在社长怀里喵喵乱叫、不停挣扎的小猫，再看看社长那张威严的脸，心想，这简直是活脱脱的"美女与野兽"啊！社长自己大概也明白，所以白天人多的时候没有掺和他们的爱猫活动。

"行了，赶紧走吧！骑车小心点！"

见大悦社长放下小猫，有点不好意思地重新坐回位子上，诚治在心里一阵好笑。仿佛是对自己这种"失礼"行为道歉，他向社长鞠了一躬说："那我就先走了！"

走出门，诚治下意识地瞄了一眼上楼的楼梯。刚才，他确确实实听见有人上楼，却没再听见下楼的动静，此刻便蹑手蹑脚地爬上楼梯。

果然不出所料。蹲坐在楼梯口墙角边的真奈美抬起头瞪着他，从那张雀斑脸上的表情看来，她被诚治吓了一跳。不过，她的眼神清澈透亮，宛如水洗。

不等她开口，诚治便抢先说："怪不得，我说怎么没听见下楼的脚步声呢。"

真奈美又低下头去。"早上走的时候还好好的呢，怎么会……我脑子都乱了！早上要是我早点来公司，早点做些什么，没准……"

"没等你们回来我就擅自把它给埋了，所以你……"诚治以为她在生自己的气，没让他们跟小黑道别。

真奈美摇摇头。"丰川说，换了是他，他也会这么做的，免得我看见了更伤心。可你也太阴险了吧，明明知道小黑没救了也不说，难怪你都不让我摸它喂它。"

这丫头反应也太快了。看来脑袋聪明的人就是不好糊弄。拜托，以后别那么聪明行不行。

不过，这个聪明的丫头现在可是伤心欲绝。看她哭成那个样子，也真够可怜的。

不然，给她一个熊抱以示安慰？刚冒出这个念头，诚治赶紧提醒自己，不能随便搞暧昧，否则两个人都会搞不清对方的底线。

胡思乱想间，诚治发现，自己已经吻上了真奈美的双唇。

肌肤相触的刹那，他猛然清醒过来，飞快地退后一步。"啊，对不起，我不是故意的！"

真奈美也惊呆了，呆呆地望着他。

诚治赶忙没话找话地打岔："小黑的事，都是命运的安排，就算你再怎么去假设，它也不会回来了。"

如果时间能够倒流，他绝对不会让母亲得上抑郁症。

"幸亏你们一早就发现了它，小黑最后才能在暖暖和和的被窝里，喝了热牛奶才去的，对吧？再说咱们还有小花呢，它一定会替小黑好好地活下去，"说着，诚治打开纸箱，把小花抱起来放进真奈美的臂弯，"你看，它现在暖暖和和，吃饱喝足，这不也是多亏了你和丰川嘛！小黑的不幸又不是你的错，该死的是那个抛弃它们的家伙。他差点害死两只小猫，幸亏你和丰川救了它们。你可千万别反驳我，"最后，他半真半假地说，"我没你那么聪明，你再跟我犟，我可想不出词来了。"

"唉……那好吧，我也回家了。"真奈美总算从地上爬了起来。

诚治松了一口气。见她小心翼翼地把小花放回纸箱里，又提醒道："下楼的时候脚步轻点，社长还没走呢。"

两个人轻手轻脚地走下楼梯，走出了公司的大门。

"那就拜拜喽，一路当心。"

"诚治！"

听见真奈美忽然这样称呼自己，诚治回过头。

"刚才那个……就算是故意的也没什么。"

月光皎洁，诚治觉得时间仿佛都凝固了。

"那样不好……"他似乎听见另一个人在替自己回答。

"我家的情况，怎么说呢，跟你的不太一样。我妈的精神状态……有点问题。从这个意义上说，我跟你、跟丰川都不太一样——我的人生，已经耽搁得太多了。之前，因为年轻不懂事，连我妈生那么重的病我都没能发现，所以，现在要对她负起责任，让她的病别再恶化，甚至逐渐好起来。这可不是动动嘴的事，是一个漫长的过程。所以，我不能只替自己考虑。假如我妈的病情在我婚后仍然不见好转，那我就必须要与父母同住——哪个女孩子听到这话不会被吓跑呢？"

"人和人不一样。"

"但你自己其实也不确定，对吧？我的情况比较复杂，这是现实。不光是我妈的事，真要细说起来，我家里还有一大堆的麻烦事。所以，你应该找个更好的。"说完，诚治便逃也似的向停车场走去。

他终究不能让自己接受"故意的也没什么"。

真奈美的话从身后追了过来："为了不让你为难，今天就算了！可是，你不是正在全力以赴吗？只要全力以赴，就永远没有什么耽搁不耽搁的！你妈妈的事也一样！"

她的嗓音里像是带着哭腔。喊完这一通，她就啪嗒啪嗒地跑远了。

诚治抬起头，仰望着高挂中天的月亮，眼眶里一阵滚烫。

他对着雨后一片清凉澄澈的夜空发了会儿呆，似乎是为了冷却眼中的滚烫，又低头对着纸箱里的小猫说："我该怎么办呢，小花？那个姐姐不高兴啦……"

小猫在箱子里喵喵地叫了几声。

"好吧，再忍耐一会儿哦，这就带你回家啦！"说着，他合上箱盖，用胶带临时封好了口，又把箱子结结实实地固定在电动车后座上，便在小猫的一路欢叫中踏上了归途。

"没问题，肯定没问题！上次捡到小咪的时候不也一样？所以，老妈肯定会接纳小花。"一路上，诚治都在自我安慰。上一次，姐弟俩把小咪带回家的时候，寿美子起先拼命摇头反对，可最后还不是败给了猫咪那无辜的小眼神和又甜又细的叫声？虽然嘴上一直在念叨"这怎么行"，手却已经不由自主地去拿牛奶了。

果然，看着拼命吮吸着奶瓶的小花，寿美子的表情放松了很多。

"不是要长期养它。我正在问我们公司的同事，看看谁家能收养它。拿回来就是先暂时照顾几天。再说，现在外面车太多，猫咪都是养在家里，不会放出去了。"

"一直把它关在家里，那不是太可怜了吗？"

"今天去宠物医院时，我还特地问过大夫。大夫说如果猫咪从小就习惯了不出门的话，长大后也就自然而然地习惯待在家里，不会再想出去。所以，如果从小就一直养在家里的话……"

"那就没什么问题了嘛！"父亲诚一难得地在一旁帮腔，"再说，诚治不是说了吗，又不是让咱们长期养。你看它现在连走路都不会，更别提往外跑了。对了，养小咪那会儿的东西都还留着呢，不是正好拿出来用嘛！"

"唉，好吧，那我就先照顾它几天吧。"

比诚治预料得还要顺利，寿美子只是稍微抵抗了一下，就被迅速地攻陷了。

他们暂时还是叫它"小花"。自从小花来到家中，寿美子的情绪明显稳定多了。

一方面，照料猫咪需要花时间；另一方面，屋子里多了一个"活物"的陪伴，对寿美子而言，家里不再是她孤零零一人，她的孤独感和不安全感也减轻了许多。

"看她的表情，心情像是开朗了些。"冈野医生也感觉到了寿美子的变化。

"照顾小动物会不会给她增加额外的负担？"

"如果以前养过宠物的话，就没什么问题，"医生回答，"她独自在家的时间比较长，能有个感情寄托终归是好事。"

小花也让武家的气氛欢乐了不少。饭桌上，寿美子偶尔还会津津有味地说起小花的种种趣事。

等到他们按兽医的建议给小花做过几次粪便检查，又打完了疫苗，公司那边已经收到了两三个人的回复，都想收养小花。诚治于是赶紧去跟母亲商量："好几个同事想收养小花呢，您看……"

猫咪长得很快。短短两个月时间，小花已经开始大嚼幼猫猫粮了。它精力十足，每天在家里的各处跑来跑去，偶尔还闯点小祸。

寿美子不做声。诚治知道，母亲已经舍不得小花了。

"在家里养其实没问题的。您要是不舍得的话，索性就留在我们家里养吧！"诚治尽量语气轻松地说。

寿美子紧张地嘟囔着："是吧……平时这小东西也不怎么喜欢往外跑……要是你爸同意的话……"说着，她看了看诚一。

"那就养吧。"诚一赶忙拍板。

"好！那我就跟同事们说，我们家自己养了。"

就这样，小花毫无争议地成为了武家的一员。

"早知道最后会自己养，当初真该给它起个好听点的名字……"这是唯一让寿美子略感遗憾的地方。

三个月后，诚治通过了二级记账员资格考试。

丰川实习完毕，正式开始在业务部上班。多亏诚治积累下的各种笔记和业务指南，他很快就接手了一部分诚治的工作。此外，全靠真奈美那半年多的"地狱式训练"，他在商务礼仪方面也大有长进，跟客户打交道时基本没出什么状况。

真奈美被正式任命为监理助理，业务水平进步神速。她似乎已经忘了之前那段"故意"或"无意"的小插曲，在诚治面前仍是一幅若无其事、大大方方的样子。谢天谢地，诚治想。

"小花怎么样了？"因为她屡屡问起，诚治干脆把小花的照片设置为手机的屏保，每次直接拿给她看。

"哎呀，都长这么大了！"

虽然还只是只青年小猫，武小花同学却俨然有了大猫的派头。

每次看到照片，真奈美都显出一副母爱泛滥的样子。

每当这时，诚治心中总会浮现出那个夜晚的情形。他不由得又想起当时那眼中的滚烫，想起为了冷却这滚烫而仰望的夜空中那轮清凉的明月。

"只要全力以赴，就永远没有什么耽搁不耽搁的！"这是真奈美自信满满的宣言。

还来得及吗？他自己的人生，以及他梦想中的房子？

就在这一次次的回忆中，诚治终于收到了上班后的第一份年终奖，金额比他期待的要高得多。

加上以前拼命打工赚的钱和平时积攒下来的工资，他账户里的余额已经超过了两百万。

于是他给老姐打了个电话。

"姐，现在讲话方便吗？"

"说！"亚矢子已经得知母亲的情绪从养了小花以后稳定了许多，她的气也顺了不少，"家里又出状况了？"

"哦，没有。多亏了小花，老妈最近心情好多了！"

"那你还给我打电话！"诚治哭笑不得，老姐真是一句废话都没有啊。

"之前你留给我的那笔钱……"

"哦，那事啊。"

"能动用吗？"

电话那头，亚矢子的声音里似乎带着些笑意，她没有继续向诚治追问用途，只说："用在咱妈身上就行！"

"谢谢姐！"诚治挂断了电话。

　　诚治通过二级记账员考试，这让诚一的心情大好。

　　尽管如此，诚治还是对老头子的酒品心有余悸，生怕他喝完酒后太难缠，便抢在晚饭前把他请到二楼。

　　"到底什么事？直接说不就完了吗！"诚一嚷嚷着上了楼。

　　诚治没把他让进自己的房间，而是拉着他去了原来老姐住的房间。

　　自从亚矢子出嫁后，诚一几乎再没踏足过这个房间。在门口，他带着几分讶异地扫视着空空荡荡却一尘不染的房间。

　　"我妈一直定期打扫呢，预备着我姐和姐夫哪天回来小住。"诚一不置可否地"嗯"了一声，在地板上坐下。

　　诚治跪坐①在父亲对面。"爸，有件事，想和您商量。"

　　见儿子摆出这副阵势，诚一警惕地挪动了一下身体。

　　诚治掏出两本存折推到父亲面前。"您先看看这个。"

　　诚一不情愿地拿起存折翻看着。

　　"一百万是以前姐给我的，说是留给我妈用。如果因为看病什么的花了，也不用还。"

　　诚一的脸色更难看了。

　　"另外那两百多万，是我从妈得病到现在存的钱。今天一起拿来，是想要拜托您……"诚治直视着父亲的眼睛。

　　诚一没敢迎接儿子的目光，一直盯着存折。对于儿子将要说的

---

　　①　跪坐，日本比较正规的坐姿，一般是为了表达说话的郑重而采取的坐姿。

话，他大概有些摸不着头脑。

"拿这些当首付，我再跟您一起申请父子贷款，咱家自己买套房子吧！"

"养……养了猫以后你妈情况不是好多了吗？干吗还要特地再买房子……"

"为了让我妈以后能天天出门，而且出门时不用再提心吊胆。"诚治平静地回答。

诚一沉默了。

"您也好，我也好，事到如今，都不在乎邻居怎么看我们家了。可我妈不行。就算您告诉她别在乎，她照样还是放不下。这就跟别人让咱们在乎咱们也做不到，是一个道理。"

诚一有些恼火地抱着胳膊。

别发火，别动气，好好说。诚治告诫自己。如果像亚矢子那样跟老头子吵起来，就前功尽弃了。

那种激烈的交火是闪电战，只能打击对方的气焰，但不能彻底说服对方。

"我妈现在只有待在家里才觉得安心。您看，这不是简直像在坐牢吗？虽说有了小花她的情况确实好转了不少，但终归还是不能像以前那样开朗轻松吧。一想到二十年来，她自己承担了那么多痛苦，我心里就很不是滋味。虽然我姐在其中也出了一部分力，但总的来说，是我妈一个弱女子在保护着我们全家。所以，现在该轮到我来保护她了，但我一个人的能力又远远达不到……"

"别说了！少啰唆！"诚一怒吼道。

诚治的心直发凉。老头子还是不同意？还是自己话说得太过分了？

"找着合适的地方了吗？"诚一的口气还是那么不耐烦。其实，这种不耐烦多少也有一部分是出于对他自己的无奈：就算道理都懂，当面也听不得刺耳的话。而且这毛病总也改不掉。

当初诚治求职的时候，也曾因为各种偷懒和狡辩被诚一用这种语气训斥过。滑稽的是，在"宽以律己，严以待人"方面，父子俩真是惊人地相似。

也正因如此，在外面志得意满的诚一，在看穿真相的亚矢子面前就变得不堪一击。作为全家唯一敢向一家之长挑战的角色，亚矢子绝不容许诚一逃避责任。诚一虽然在内心里很希望获得女儿的尊敬，但亚矢子的要求对他来说实在是太高了，他只好自暴自弃地死了心。上次寿美子割腕事件引发的父女冲突就是这样。

"东京都内恐怕没有合适的。不过，埼玉县、川越市有不少十年房龄左右带院子的独栋，有空您也可以过去看看。交通方面，大多距离地铁站十五分钟左右。四间卧室的独栋大概在两千万左右。唯一的缺点就是您和我上下班可能会稍微远点。不过，按单程一个小时来看的话，跟您现在的情况也差不多吧。"

"那你上班不就远多了？"

"整个关东地区的平均通勤时间都差不多要一个小时。我现在离家这么近，已经是特例了。人家还有更远的呢。再说，上下班乘坐公共交通，我们公司可以全额报销。"

诚一掩饰着自己的尴尬，仍然摆出一副高高在上的口气说："我也有一个条件：你俩那三百万，自然要算作房款。不过，在哪儿买、买什么样的房子，要由我和你妈说了算！"

"为什么？我们也出了钱，好歹也让我们挑挑嘛！再说了，父子贷款我也有份……"

见诚治似乎颇不甘心，诚一很得意，但仍板着脸说。"什么父子贷款！万一你到时候还不起，还不都得我一个人还钱？所以，"他又气冲冲地说，"等你结了婚，就赶紧给我搬出去！我买的房子，我跟你妈自己住！"

诚治一愣，抬脸看着父亲。他原本已做好了思想准备，一旦申请了父子贷款，自己就要一辈子跟父母同住了。

"您一个人贷款，能行吗？"诚治脱口而出。

诚一怒气冲冲地瞪了儿子一眼。"你把我当什么人了？是，就算我光知道自己享受，"他顿了顿，大概又被亚矢子当初的那句话刺痛了，"难道你妈也忍心一辈子把你拴在家里？"说完这番大义凛然的话，诚一仿佛有点难为情，"总之，我先托公司的门路去找找看，没准儿真能找到你说的那个价钱的房子，"说着他又挺直了腰杆，"你们那三百万，要用来交首付！没找着房子之前，一分钱也不准动！"

"那当然！到时候，没准儿我还能给您再多添点呢！"诚治终于回敬了老头子一句。

等了半年多，终于找到座合适的房子，一应手续也都办妥了。

于是，全家决定一气呵成地把家搬了。新房子的格局跟他们眼下住的差不多。所以，每个房间里的东西只要照原样打包就行，顺便还能清理掉没用的东西。

随着打包的进展，屋子里一天一个样，已经完全长成大猫、连绝育手术都做完了的武小花同学很不习惯，困惑地在各处跑来跑去。

诚治把搬家的消息告诉了冈野医生，医生很为寿美子高兴。

"那真是太好了！终于下定决心彻底换环境了，这对令堂的病情可是大有帮助。她现在情况怎么样？"

"从决定搬家那天起，她的精神就一下子好起来了。不过，好像整理东西什么的还是不太行，说是要帮忙打包，却只是站着一动不动。"

"哦，那是正常的。她现在除了固定的日常家务以外，处理需要判断取舍的事情还有困难。虽然脑子里会不停地自问'该做些什么'，或是'该开始动手了'之类的，却始终难以得出明确的结论。从表面看，她的这种难以抉择很容易被当成是漠不关心。所以，即使她在搬家这件事上帮不了什么忙，也千万不能因此而责备她。"

医生这一番话，显然是说给诚一听的。

"如果明确告诉她做什么，她倒是会默默地照办。就是累的时候偶尔会发发牢骚。"

"发牢骚反而是好事。如果家里真应付不过来的话，就请个搬家公司，也可以减少一些她的负担。"

冈野医生还给他们写了一封转院介绍信，介绍寿美子去新家附近的另一家诊所就诊。"这样你们以后就不必大老远地特地到这里来看病了。"

"冈野医生，谢谢您！"

"另外，还是不能随便停药啊。只有坚持长期服药，搬家、养猫等外部辅助治疗才有意义。"冈野医生嘱咐他们。

"下次我就要陪您去新诊所看病了！"回家的路上，听诚治感慨，寿美子如梦初醒，埋怨诚治："都没跟冈野先生道个别吗？真是太失礼了……"

"我替您感谢过他了。新诊所就是他介绍的——放心吧，冈野医生不会怪您的。"

"那就好，那就好，"寿美子点点头，又提议，"回去时顺路去宠物店给小花买袋猫砂吧。"

新房老房的打扫、废品回收什么的，他们索性都委托给了搬家公司。这样一来，他们自家人的任务就只剩下小件物品的打包。尽管父亲和诚治都一再说"不用不用"，可亚矢子还是在周末赶回娘家，说是一定要帮忙搬家。

"没想到这房子还挺宽敞！"一走进新家，亚矢子就很满意地得出了结论。

"是老爸托了关系，才找着这么好的房子。再说，也扔了不少没用的东西。"

虽然房子很漂亮，可是各个房间仍然乱七八糟地堆满了各种刚开封的纸箱。可怜的武小花同学，跟它的小水盆、小饭碗、小厕所一起被临时关在二楼的一个空房间里。那个房间是寿美子打算用作客房的，今后亚矢子夫妇回娘家时可以住在那里。因为屋里的陈设比较简单，今后再慢慢收拾也不迟。

"诚治，你负责收拾楼上！隔一会儿看看小花的动静！

"爸，卧室的衣柜和壁柜就拜托您了！

"妈，您来跟我一块儿收拾洗手间和厨房！"

不愧是亚矢子女王，听她安排得井井有条，寿美子一下子有了忙碌的方向。实际上，亚矢子只是分派了一些轻活儿给她做，一见她累了就让她去休息。看她又手足无措了，就马上再分配些工作给她做。女王本人则像个不知疲倦的机器人似的忙个不停。

也多亏了女王调度有方。到吃晚饭的时候，家里大大小小的纸箱和包裹已经基本收拾停当。只要明天让搬家公司来回收纸箱便大功告成了。武小花同学终于被解除禁闭，开始在新家小心翼翼地四处巡视。

"妈，明天去附近转转，超市、银行什么的好像在地铁站那边，我陪您去。另外，还得买点礼物，拜访左邻右舍的时候要用。"

"可是，你不用趁着星期天赶紧回去吗？"

"没事，我跟他请好假了。咱家搬家这么大的事，他自己不能过来帮忙，还敢不让我多待两天？"亚矢子笑笑，又对母亲说，"他倒是跟我表示过，等您好点了，欢迎您来名古屋玩！"

难得勤快的诚一已经躺倒在客厅的沙发上。"既然明天才去买东西，那今晚就去外面吃饭吧——"

"刚搬来就把小花独自丢在家里也太可怜了……"

"有什么可怜的，不就吃顿饭的工夫嘛！"

见老头子又要故态复萌，诚治赶忙插嘴："这附近有家便当店，我去买便当回来吃好了。你们都想吃什么？"

问清了各人的点单，诚治抓起车钥匙出了门。

第二天晚上，趁寿美子去洗澡的工夫，原本和诚治一起在客厅看电视的亚矢子问："爸呢？在卧室吗？"

诚治看看表，平时的这个时间，诚一一般会在客厅独自小酌。

"可能吧，今天倒腾了一天的被褥，估计也累了。"

"我去找他说两句话。"

"啊？姐，你要干吗？可别去惹他……"

肯听他的话，亚矢子就不是女王了。她二话不说，从沙发上站起来就往卧室走。

"喂，家里好不容易太平了，你又要干什么呀？"诚治慌忙追过去，见亚矢子已经走到父母卧室的门口，说了句："爸，我进来了！"便伸手拉开了隔扇门。

正在被子上和衣而卧的诚一猛然惊醒，起身问："什么事？"

只见亚矢子突然跪倒在毫无防备的诚一面前，伸手伏地叩拜了一记。"爸，谢谢您！"

父子俩都被她这突如其来的举动弄得手足无措。

诚一有点尴尬地侧过身，仿佛要躲避女儿的大礼。"这……这有什么好谢的！你妈不也是我的老婆嘛！"语无伦次地嚷嚷了这么一句，他又赶忙补充道，"这次，邻居再叫我参加联谊会，我一口酒都不喝就是了！"

听老头这么说，诚治扑哧笑出了声。"爸，喝个一杯半杯的也没关系，社交需要嘛！不过，喝到您每天晚上的那个量也就差不多了啊！"

"这两天老子连公司的应酬都推掉了！你少来勾引我！"

听闻此言，连亚矢子也忍不住放声大笑。武家终于有了久违了的欢乐气氛。

"搬家的事顺利吗？"

搬家后的第一个工作日，诚治一早就在路上遇见了真奈美。

"总算搬完了！承蒙你还惦记着。"说完，他又故意找话题似的补充道，"坐地铁上班还是不太方便啊，以前骑电动车，一眨眼就到公司了。"

"那是特例！全东京有几个人能像你以前那么幸福！"

俩人边聊边开了办公室的门。

"小花呢？也挺好？"

"一开始还挺戒备的，不过一转眼就适应了，天天大摇大摆，好像已经在那儿住了十年似的，"也许是又提起了小花的缘故吧，诚治一不留神说漏了嘴，"这还要谢谢你呢！"

真奈美一脸莫名其妙。"谢什么？我又没去帮你们搬家。"

"就是那天晚上啊，你跟我说，只要全力以赴，就永远没什么耽搁不耽搁的。当时我可真是相当地……噢，不，非常地、非常地感动啊。在遇到大悦社长之前，我是个吊儿郎当、得过且过的人，对父母也漠不关心。就是你那句话把我点醒了——就算起步再晚，只要坚持努力，也一定能迎头赶上。多亏有你这句话，我才好不容易走到现在，也算把时间追回来了。还有你捡回来的小花，它也帮了大忙。所以，谢谢你是应该的。"

真奈美一笑。"少吹捧我，我可什么都没做，都是你自己努力的结果！哪天有空，也让我看看长大了的武小花同学呗！"

诚治为难地挠挠头。"行是行，就是那孩子已经习惯了住在家里，不知道能不能带出门……"

　　见到真奈美一脸嗔怪的模样，诚治蓦然反应过来，胸中轰然作响，全身一阵发软，慌忙改口："当然了，随……随时欢迎你来我们家做客！不过，不……不是现在，再稍等几天就行！"

　　母亲的事、家里曾经发生的事，他终于可以细细地一一说给她听了。

　　他所经历的种种磨难，终于不必再像个孩子一样，期待那些见遍世事的工地大叔来安慰了。如今，他终于能够自然而然地向另一个同龄人倾诉了。

　　母亲的病也一定会逐步好起来的。诚治想，年近三十的儿子带着女友回家拜望父母，在某种意义上，也许是对父母最大的安慰吧。

旁观者的故事

"喂！帮忙拿袋水泥过来！"

"来了！"正顶着大太阳从卡车上卸水泥的丰川答应一声，扛起一袋水泥便跑。

"让您久等了！要打开吗？"

"拜托了！"正在和水泥的工人放下握着铁锹的手。水泥槽里是已经和好的泥浆，但显然有点稀了。丰川撕开水泥袋，顺着槽帮向里面倒着水泥。

"够了够了，停！"丰川赶忙竖起水泥袋，那工人又开始重新搅拌起来。

"够意思啊，兄弟！哎呀，把你的衣服弄脏了！"

丰川原本穿的是一身西装。不过为了干活方便，上身换了件公司制服，下身却仍是西裤皮鞋。

"没关系，反正都是便宜货！您不用谢我，记着我的名字我会更开心哟！我叫丰川，来自大悦土木公司的丰川！"说着，他指指制服胸口上的名牌。为了宣传自己公司的名号，他几乎天天穿着公司制服在工地上四处奔走。

"知道知道！大悦土木的丰川君嘛！我们监理正找你呢，让你赶紧去办公室一趟！”

“好嘞！谢谢您！”丰川惊喜地向师傅鞠了个大躬。

最近大悦土木盯上了公团 ① 的建设工程项目。因为这类工程的规模一般都很大，所以，即使在正式开工后，还时常会临时增加许多小活儿。丰川打算从中给公司搜罗点新订单。

“整天混在工地上的销售员，我还是头一次见识啊！”在由活动板房临时搭建的工程指挥部里，项目的工程监理苦笑着迎接丰川，“不过，你小子还真帮了不少忙！”

“我们公司的销售员都是要下工地的！而且基本上所有工种我都干过。不过，就是担心万一弄不好受点伤什么的给您添麻烦，我只能顺手帮忙干点简单的活儿啦！”

在工地上，跟所有人打成一片是丰川的拿手好戏。定期在工地上跑跑，跟施工人员混熟了以后，常常能捡到额外的订单。另外，从工地上临时雇用的合同工那里，还能时常了解其他工地的最新进展，从中发掘业务机会。

“我们的承包方临时出了点状况……”

“哎哟喂，可真不让人省心！出什么事了？”毫不认生、分分钟

---

① 公团，日本由政府或地方公共团体出资组成的经营特定公共事业的法人团体，大多从事运输、道路、港湾、桥梁、机场等基础设施建设。

就能跟陌生人混熟，丰川的这种本领，连那个与他同龄的上司也自叹不如。

见他如此关心，监理也不再克制自己的怒气，开始痛骂惹事的家伙："二号楼做地基的那群王八蛋，居然敢往混凝土里掺水！"

"天哪！那地基的质量不就彻底完蛋了？"

"现在正打算重新返工，要把那些混凝土铲下来重新做！那些不守信用的王八蛋，不能让他们再掺和了！这块现在还没找到替换的人，你们那边人手能凑齐的话，就交给你们吧！"

"没问题！您放心吧！三天之内，保证重新开工！"丰川赶紧挺直了腰板，语气轻松，却很郑重。

"那太好了，可算帮了大忙了！"

"不过嘛……"丰川明知下面的话肯定会让对方为难，但是，丑话总是说在前面的好，免得事后再扯皮。

他要说的事成了公司的不利因素，这一度让丰川和他的上司很不甘心，但日本毕竟还是个保守的社会。

"我们公司可能会派遣一名女性监理助理来工地负责。"

果然，对方一皱眉。"女的啊……多大年纪？"

"二十九岁。"

监理的表情更为难了。"那么年轻？靠得住吗？工地上乱哄哄的，一个女人能顶事吗？"

"没问题！我敢打包票！实话跟您说，我在工地上干活的时候，她还是我的师父呢！我们那儿的师傅都听她的，干活可利索了！人家连厕所都在工地上跟工人共用，上次修下水道的时候，二话不说，直接就跳到沟里指挥了！"

这个"不怕脏不怕累"的女监理的故事总能屡见奇效。听他绘声绘色地形容完，监理的脸色果然缓和了许多。

"另外吧，"丰川继续加料，"人也很认真稳重，不爱讲话，就只知道干活！"

工程中出现需要返工的状况，无论如何也算是个小事故。这时候，"不爱讲话"的性格，就变成意味深长的优点了。

回公司的路上，丰川的手机响了。他拿出手机一看，来电的是武诚治——就是那位对他作出颇高评价的同龄上司。

"您辛苦啦！我是丰川，现在正在回公司的路上呢！"

"哟，心情不错嘛！"

"哈哈，刚搞定公团的项目！顺便把千叶姐也推荐过去了！"

"太好了！够能干的啊！"

"这就完啦？再多夸两句！"

"全公司就属你能干！行了吧？"

"下了班顺便陪我去趟西装店！那张生日优惠券今天到期了，你不用就给我！"

电话那头的武诚治被他弄得哭笑不得。"行行行，去去去！反正干咱这行的好衣服都穿不住。"天天混迹在工地上，他们只能凑合着买那些裤子可以替换着穿的便宜西装。

"项目大概需要多少人？"

"做地基的活儿，一个区块大概要十五个人左右。"

"知道了，那我就赶紧让千叶组织人。搞不好还得招几个临时工——"

"千叶姐该高兴坏了吧。"

"那还用说嘛。"听武诚治的语气不知不觉变得柔和，丰川心想，一说到千叶姐，你就那个德行——还嘴硬呢！哼！

"多谢你了啊。"

谢我什么？还不趁机去跟真奈美表功？你这个笨蛋！

万事率直的丰川对老武的磨叽真是无法理解。

万事率直的丰川，也曾开门见山地问过真奈美的想法。

那还是他们一起实习时的事。当时，他们两个新人每天中午都在一起吃午饭。

某天，他们正互相在对方的盒饭里扒拉着挑菜吃的时候，丰川随口问真奈美："千叶姐，你跟老武到底……啊哟喂，算了算了，我明白了。"真奈美脸上飘起的红晕瞬间暴露了真实答案。

瞧她那副模样，这还是那个平时稍有疏漏就号称要踢他屁股的真奈美吗？平时又冷又硬，谁能想到，她也会有这样的时候——哼！

哎，不对，她本来就是个女孩子嘛。

真奈美很不情愿让别人瞧见自己这副模样，她弯腰拾起她那只又大又深、一点都不像女人用的饭盒，爱搭不理地对丰川像射子弹一样地扔下一句话：“少废话！不准跟别人说！”

本来只不过是想问问她，为什么一见到老武就那么紧张，谁知却意外地有这么大的收获。丰川自己都没想到。

他原本是打定主意置身事外的，结果，终于还是陷进去了。丰川百思不得其解。自己喜欢的类型，不是那种像小动物一样可爱、凡事都兴高采烈的女孩吗？

既然已经沦陷，虽然有点对不起老武，也无可奈何了。他打算从侧面寻找机会。自己的意中人心有所属，这种事从古到今都不新鲜，他丰川只能知难而上了。

所以，他得先侦察一下对手的动向。

“貌似老武除了人好，也没啥其他优点吧？你觉得他对异性的吸引力在哪儿啊？”

“我就喜欢人好的——不行吗？”

“那我也不错啊，你怎么没看上我？”

“你哪儿人好啦？整天嬉皮笑脸的！”真奈美冷冰冰地撂下一句便不再搭理他。

不过丰川看得出来，她可不是生气，而是正懊悔不迭呢——随随便便就把喜欢老武的秘密透露给了他。

天哪，他还是头一次遇见这种类型的女生，感觉超来电啊！

这下子你可麻烦了吧，丰川在心中嘲笑着自己。

"话说你俩是从什么时候开始的啊？因为捡到小猫那事？"

希望对方倾听自己的心声，才会跟对方毫无顾忌地什么都说。不过，现在看来，真奈美显然没把他丰川当作那个能倾诉的对象。

绝不能受这么点打击就灰心丧气，先完成一个小目标：争取成为她的倾诉对象！然后在这个基础上，实现大逆袭！

"那小猫可是咱俩一块儿捡的……"

"你还记得吗，那时，他老是不让咱俩去碰那只小黑猫。"

唉，那只他们回来时已经安睡在泥土中的小黑……

"我后来才反应过来，主任那时肯定知道小黑活不长了。"

"啊？是巧合吧。"

"肯定不是！"见真奈美斩钉截铁地得出了结论，他也不敢再反驳，"那时候我就觉得，细心体贴，又不露一点声色，主任骨子里其实挺强大的。所以他才可能面对那么多又复杂又困难的事情——比如他们家的那些事。"

诚治家里的情况，丰川从工地的大叔们那儿也有所耳闻。

"反正我就做不到。"

丰川听说真奈美的家庭其实也不太和谐。

"因为自己不敢面对，所以就干脆做个不闻不问的好孩子。你可能觉得我在装乖，不过，就冲这一点，我就特别佩服主任，敢于面对困境！"

妹子，你也太淡定了吧！

见真奈美说这番话时表情平静，与平时毫无二致，丰川不禁在心里长叹一声。

恋爱中的面孔，难道不应该是成天轻飘飘、美滋滋的吗？再看看真奈美，简直跟丰川心目中的"恋爱脸"相差十万八千里。更要命的是，越是琢磨不透，真奈美反而越让他着迷，好像总也看不够似的。

就算在老武面前，真奈美脸上也丝毫没流露出一点神采飞扬的表情，反而还更拘谨了。丰川觉得，他俩说话的时候，真奈美紧张得简直就像个大学社团的学妹。偶尔两人难得聊点工作以外的话题，也无非是谈论老武收留的那只小猫。好像老武那家伙经常把手机里拍的猫咪照片拿给真奈美看，而且好像还是老武主动，真奈美则是一副无所谓的样子。

其他私人场合，也从没见他俩有什么交集。

谈恋爱如同谈工作，这么淡定的姑娘，他丰川还是头一回遇见。

"哎，我说，你能不能再积极主动点啊？你看看你，也太淡定了吧，这样他怎么能感觉到你的心意呢？"明知他俩没进展，自己才有机会，但丰川一看见淡定如水的真奈美还是不由得着急上火。一不留神，居然把对自己不利的话都说了。"要不然我替你约他出来，一起吃顿晚饭什么的？"

你这个笨蛋，怎么还给敌人雪中送炭呢！丰川在心里骂自己。

可是，真奈美那副无动于衷的模样他实在看不下去。

"那……不太好吧，"真奈美先是笑着摇摇头，马上又绷起脸来毫不客气地警告他，"我告诉你啊！不准你擅自行动、多管闲事！"哟哟哟，注意你说话的语气啊，恋爱中的姑娘！

"他很忙，这种时候，我只会给他添麻烦……再说我也得抓紧时间学习工地上的事，没工夫整那些虚头巴脑的事！"

"我还不知道千叶姐？您本人不也是那种谈恋爱也不舍得耽误了工作的人嘛！"

"谁说的，那可不一定！万一……万一一发不可收拾了呢？"

"你？绝对不可能！"丰川本来只是嘴上说说，却忽然发现自己也不太确定了。

自己这是在干吗？

真奈美对这段恋情不甚积极，对他来说原本是件好事。自己又为什么要拼命推着她往前走呢？

"会给他添麻烦的。"无论他怎么撺掇，真奈美似乎都不为所动。

那不正好嘛！可是，既然正好，你为什么还要一遍遍地去撺掇她呢？丰川快被自己奇异的心理弄糊涂了。

"添麻烦、添麻烦的，他总该给你个时限吧！"

"反正我知道他现在挺不容易的。"真奈美静静地说。她的平静之中，似乎也掺杂着一丝痛楚。

"老武！你觉得千叶姐怎么样？"

实习完毕，丰川又去向老武打探风声。

当初他是作为销售兼业务被招进公司的，所以实习期满后，就不必再待在工地。回来后，他就天天在办公室跟着老武熟悉相关业务。

"挺好的。工作积极努力，监理们对她的评价也挺高。"武主任一面打开午餐盒的盒盖，一面随口回答。他的午饭是同住的母亲为他准备的，丰川自己呢，则是天天从便利店买盒饭当午餐。

撕着饭团上的包装膜，丰川有点不耐烦了。"你真傻假傻啊？我又没问工作！"

"你打听那么多干吗？"老武有点心烦地皱皱眉。

哼，少装蒜！你那点道行，再装也瞒不过我的火眼金睛！你当我光会卖萌呢？

"职场上只要有女生的地方必然就会引起这类话题嘛，很正常。按说背后对人家品头论足是不太好，不过，她们女的在背后也没少议论咱们男的！"

"咱们公司就千叶一个女员工，她去跟谁议论啊？"

"我是泛指，又不是说她。工地上都是大叔，想聊天都没人聊，所以你偶尔也应该跟人家多聊聊年轻人的话题嘛……"

"那不是你的特长吗？"老武吃了口米饭，对他苦笑，"我现在没工夫考虑自己的事。"

"那……如果有工夫的话，你考虑不？"

"你问那么多干吗？"老武挠挠头，"我的情况你还不知道？来咱们公司之前，我在家啃老，天天吊儿郎当混日子，家里的事也全都不管。结果不就把我妈的病给耽误了吗？现在想想我都后怕。所以我现在根本没空考虑自己的事。可千叶她就……"老武停顿了一下，仿佛是在斟酌词句，"她跟我的情况正好相反吧。人家为了继承老爸的心愿，宁愿到咱这小公司来磨炼。我呢，在家里坐吃山空，净给家里添麻烦。这是多大的差距？我哪能那么自不量力，去追比我强那么多的姑娘？"

"你这是真心话？"

这两人还真是心有灵犀啊。丰川记得真奈美也曾说过，老武是如何如何地比自己了不起。

"照你这么说，我整天了无牵挂，家里也没什么事要操心，所以就特别靠不住是吧。我觉得，你应该学会放松，别老给自己那么大压力……"

"了无牵挂不代表你不靠谱啊。"

"嗯？"

"千叶也好，你也好……"

"你怎么又扯到我身上来了？"丰川大惑不解。

老武眯着眼睛狡黠地笑笑。"上次招聘，公司本来没抱太大的希望。社长说了，找个和我差不多的就行。结果你们二位一个比一个厉害，社长都说捡着宝贝了。现在，我倒觉得你俩才让我仰慕呢……"

干吗呀，玩捧杀？老武这是什么意思？

"千叶姐，人家那当然是人才啰！我嘛……也就一般般。"

"别谦虚，你就算外表看着一般般，骨子里可认真着呢。打工那会儿，不是也在一家店坚持了很久吗？"

"那不是有个喜欢的姑娘在嘛，舍不得辞呗。"

"那也说明你起码还有底线，知道不能随便辞职吧。有的孩子，有一丁点不爽，说不干就不干了，结果在哪儿都干不长，"像是勾起了旧时的回忆，老武的脸上浮起一丝淡淡的苦涩，"我都能想象得到你打工的情形。肯定是天天嘴不闲着，把周围的人都逗得哈哈大笑。只要你一来，店里的气氛立马活跃，到处欢声笑语。真的，你要是我们家儿子就好了，有你这么个儿子，我妈肯定不会得抑郁症。"

"你少给我灌迷魂汤啊！"虽说他是上司，但其实俩人的年纪只相差一岁。加上老武平时很少以前辈自居，所以丰川才会这么口无遮拦地跟他说话。

"做人要向前看，不要老往后看。你老说那些有意思吗？我肯定不可能是你，也不可能是你们家的儿子，你为什么就不能换个角度想问题呢？毕竟，在情况变得无法挽回之前，你还来得及采取行动！而且，说老实话，我也没觉得你耽误了什么！"

武诚治惊讶地看着丰川。

"干吗呀？"丰川有点不自在地活动了一下身体。

"啊，没什么，"诚治摇摇头，"你也这么说……"他像是对别的什么人喃喃低语了一句。丰川在一旁完全摸不着头脑。

　　不久，老武就搬家了。从前他家离公司很近，骑电动车上班只需十分钟。

　　搬家后上班的第一天，虽然他嘴上埋怨坐地铁如何不方便，脸上却是一副神清气爽的模样，明显比从前开朗了许多。虽然偶尔还是一副心事重重的样子，可到底不像以前那么纠结，心情也畅快了许多。

　　估计是搬家了却了一件大事吧。

　　也许是感受到了老武情绪上的变化，真奈美罕见地主动来办公室找老武了——就丰川所知，这可是破天荒头一遭。

　　"什么时候，让我也看看长大了的小花……"听到屋内的说话声，正要伸手推门的丰川赶忙缩回手来。

　　"我知道他现在挺不容易的……"丰川眼前浮现出真奈美说这话时平静地微笑着的脸。

　　你这个傻丫头！我丰川虽然不敢说是高富帅吧，可就凭你的条件，找对象至少也该找个我这样的吧。你怎么就看上这个天天翻旧账、条件也不咋的的老武呢？跟他谈恋爱有什么意思？换了是我，保证让你开开心心、笑不绝口！

　　看样子，千叶姐这是拿看猫当借口，扭扭捏捏地开始采取主动了。可你表达得太含蓄了吧，万一那个笨蛋没反应过来，肯定会以为你不过是客气，然后他也跟你客气，随口答应了就抛到脑后去了吧。

唉，恋爱本该是件多愉快的事呀，怎么眼前这两个老是拖泥带水的！

"它习惯了待在家里，不知道能不能抱出来……"

听到老武那完全不对路的回答，丰川急得直想挠门揍那个笨蛋一顿。

人家姑娘说："哇，好想去看猫咪呀。"你就顺势接着说："好啊好啊，那就去我们家吧！"这不就轻而易举地约成了嘛！

可怜的千叶姐，不知背地里偷偷练习了多少遍，费了多少脑细胞，千辛万苦地对你开了口。要是你还不明白的话，她又该回去认真反思了——是不是应该更直截了当啊，是不是不该说得这么含蓄啊……

丰川正恨不得一巴掌劈开门闯进去点醒那个榆木脑袋时，又听见老武语无伦次地说："不过，随……随时欢迎来我们家，来我们家做客……"

谢天谢地，这家伙总算开窍了。

丰川缩回推门的手，屋里又传出真奈美那一本正经的声音："好的，明白了。那我就等着你邀请啰。"

然后，然后……这两个人居然连一句甜蜜的话都没说，就互相告辞了！

听真奈美的脚步声朝着门口走来，丰川抢先一步，猛地推开门。

"大家辛苦了！"

正要伸手开门的真奈美吓得一哆嗦。

哼，瞧你那脸红的！刚才当着人家的面你怎么就不会脸红一下呢，傻丫头！

"哟，怎么啦，千叶姐？你的脸怎么啦，是不是发烧了？"被他故意揶揄，真奈美的脸彻底羞成了只西红柿。

"没什么，少管闲事！"她气急败坏地像要扑过来揍他，却一阵风似的冲出了办公室。

"这是怎么回事？"他又去逗老武，这位上司也慌慌张张地说了句："没……没什么！"

哼，谁看不出来呀！你们这种人根本就不懂什么叫幽默。

本来嘛，"哎呀，猫咪好可爱，我要去看！""好啊，来看吧！"就这么简单的事，让他俩搞的，好像特务接头似的。其实，老武说的"找时间吧"，在旁人看来好像是客套，丰川却明白，他已经在考虑哪天邀请千叶姐回家了。而真奈美说的"等消息"，就真是在等着老武的正式通知呢。

谈个恋爱而已嘛，干吗非要弄得这么沉重啊？

看来，下一步进展还得等上一段时间。他俩之间，现在完全看不到爱情擦出的火花。尽管如此，丰川心里也隐隐地明白，自己没什么机会再去跟老武决一胜负了。

又过了一年，这两位的情形依然如故。虽然表面上俩人之间平淡无奇，旁人却再也没什么空子可钻。丰川只能作为一个旁观者，在安全距离外徘徊。

他心里其实什么都明白，却不由自主。

他只是希望，徘徊一阵子，自己就能彻底放下了。

"她马上就要升为监理助理了，得赶紧给她找几个项目做做。"诚治盯着电脑屏幕，眉头紧蹙。

公司已经按照监理助理的培养标准，先后安排几位董事对真奈美完成了所有涉及工程管理的相关培训，她本人也正在积极备考相关职业资格。然而，公司每次向客户提出由她单独带队进行施工作业时，都会遭到对方的婉言谢绝。至今，她还只能作为普通施工人员参与工程。

"本来就是监理的助理嘛，让各位监理直接跟客户打个招呼不就行了？"

"公司原来并没设这个职位，所以协调起来也不是那么容易。"诚治仍然皱着眉说。

"照这种情况，她干的活儿对以后帮助不大啊。"

真奈美所有的工作，如果不能列入监理助理正式的工作经验，对她的职业生涯将毫无价值。公司在她逐步积累管理经验后培养她当监理的计划也会完全落空。

"那只能暂时维持现状了？"

"她当初可是按监理助理招聘的，如果不能独立管理项目，公司在成本方面就亏了。而且有些职业资格也要求必须要有实际工作经验。"

"可是人家实际上也在干着助理的活儿呀，公司成本亏就亏点，总不至于破产吧！"所以，现在这样不也挺好嘛，真是的！丰川心里嘀咕。

诚治严肃起来，瞪了他一眼。"这话，你可千万别当着她的面说！"听他的口气，好像还真有几分恼火，"当初她来应聘，不就是为了实现当工程监理的理想嘛！所以客户嫌我们烦，我们可不能嫌她烦！"

"谁嫌她烦了？"丰川刚想反驳，却又自知理亏地闭上嘴。现在这样不也挺好嘛，真是的！这话怎么听怎么都像是在嫌别人麻烦吧。

"抱歉……"

"算了算了！但是千万不准跟她说，明白吗！"

瞧瞧，一说到千叶姐，老武反应有多大！丰川不禁一阵技痒，真想逗逗他。

唉，不过对他来说，这终归不是什么好事。

明明你俩就是没动静，为什么还总让我觉得有机会反败为胜呢！

"哼，瞧我的吧！我一定要把千叶姐推销出去！"

不久，机会终于来临了。

"商务方面的问题我们尽量搞定，希望您能允许我们把千叶和您一起'打包销售'，拜托了！"武诚治郑重其事地跟社长本人开始了谈判，"什么样的项目都行。总之，想请您找个项目带着她做做。"

大悦社长上下打量诚治，仿佛是在掂量自己的业务主任是何居心。丰川在自己的座位上紧张得直咽唾沫。

老武，难为你想出这一招，怎么看怎么悬！这不是公然打着老板的旗号给真奈美找活儿干嘛！

"如果社长能亲自出马，而且又不挑项目的话，就算带上真奈美当助理，也没关系吧？"

大悦社长一动不动地盯着诚治，诚治毫不退缩，直视着社长。

终于，大悦社长开了口："打算让我带几次啊？"

"一次就行！只要一次！只要您能带着她做一个项目，以后就由我们业务部来想办法！"

"好！我就让你们利用一次！"

诚治立刻向社长鞠了个九十度的大躬。

"老武，厉害呀！我以为社长准得冲你大发雷霆！"大悦社长出门后，丰川赶紧跑到诚治面前。

诚治狡黠地一笑。"他才不会为这种小事发火呢，就算发火，也得等到我下次再求他的时候。"

不愧是前辈，把社长的脾气都摸透了。

社长亲自挂帅的项目很快就搞定了。其间，真奈美只是过来跟诚治道了个歉，而且还是当着丰川的面。"对不起，没能在公司发挥应有的作用，给大家添麻烦了。"

这次拿到的项目规模很小，照理根本不值得大悦社长亲自出马。不过，既然在人员配置上存在真奈美这个明显的"短板"，客户能给他们项目已经算是很给面子了。

"万事开头难嘛。"诚治淡淡地回答。

"喂，多说两句你会死啊！"丰川实在看不下去，在一旁提醒诚治。

"多说两句能改变现实吗？"诚治根本不理他。

"这个老武，真不是一般的冷漠！都不顺便安慰安慰你！"丰川又跑去跟真奈美"挑拨离间"，谁知真奈美抬手就给了他一巴掌。

"哎哟喂，疼疼疼！你真是不识好人心！"

"我是去道歉的，又没去找谁安慰，谁叫你多管闲事！"

"可是……"

"本来就是我给大家添麻烦了，当然得跟人家去打个招呼了！谁告诉你我需要安慰了？你要再敢去跟主任乱嚼舌头，看我不宰了你！"真奈美指着丰川的鼻尖警告。说罢，便丢下他扬长而去。

丰川摸摸脑袋，对着真奈美的背影一脸委屈。

"女性监理助理？如果经验丰富的话，我们一定认真考虑……"

每个客户都是这种婉言谢绝的套话。真奈美的下一个项目还是没有着落。以大悦社长名义承接的那个项目本来规模就小，很快就要完工了。

看这架势，丰川断定，老武肯定会去求老板再次帮忙。

"老武，你这是干吗去了？"傍晚时分，丰川抬眼看见外出归来的诚治吓了一跳，"怎么滚得一身泥？"

"出去了一趟。"

"你干吗去了？脏成这样！"诚治的西装上是一层土。

"帮着干了点活儿。"

"跑哪个工地帮忙去了？"

"哦，不是咱们公司的工地，"诚治脱下西装，掸掸已经变了颜色的上衣袖和肩膀，"我去几个大项目的工地转了转，想打听打听他们那边有没有临时增加的小活儿。这类项目的工期一般都比较紧，出了什么状况的话，估计他们也顾不上挑三拣四了！"

看来他是去跟工地上的师傅们打探消息去了，那肯定就得帮着人家干点活儿才能混熟喽。

"下次去得带上工作服，今天我这套西装算是完蛋了！"诚治还在掸衣服，但斑斑点点的泥水已经渗进布料里，不可能再弄干净了。

老武说过，打着社长的招牌给真奈美找活干，就这么一次。

自己真是没法再跟他比试了。

这家伙果然是条汉子，言出必行，决不后退。自己也要多修炼了，光耍嘴皮子不行动可不成。

"那下次我也去转转吧。"

"那敢情好。我本来也只是灵机一动，想去试试看。没想到，发现了不少机会。"

是在下输了，而且心服口服。丰川在心里说。

从那以后，真奈美再也没跟大悦社长一起接过工程。

丰川拿回的公团项目完工以后，他那两位公事公办的同事之间也起了些微妙的变化。

"丰川！"见真奈美突然扑过来，丰川不禁后退了半步。实习的时候天天被真奈美批评，他都有阴影了。还好，貌似今天真奈美的目标不是他。

"主任说要带我去他家看小花！还问我这两天哪天方便！我该怎么回答啊！喂，你说我哪天去合适？"真奈美兴奋得语无伦次，又因为紧张而莫名其妙地咯咯笑个没完。

"这事干吗问我？"

"猫咪不是咱俩一块儿捡的嘛。"

"我可没说想去看它！"

"可明明就是你先发现的嘛！"

"他要真想请我的话，干吗不直接跟我说？平时从来不跟我说猫咪的事，现在突然就要我去他家看猫？他也太不懂人情世故了！"

"那，你打算……你打算让我一个人去？"

"对啊，我就是这么打算来着。笨蛋！他请的不就是你嘛，又没说让我也去！"

真奈美这才恍然大悟。一刹那，她的脸红了大半，先是玫瑰粉，然后都快变成紫罗兰了。

"哎哟喂，瞧你这副恋爱中的少女模样！"

"怎……怎么办啊？去他们家我应该穿什么衣服？就是那种适合见父母的衣服？"

"你可真心急啊，小姐！人家不一定介绍你说是他女朋友呢！"

"第一印象不好的话将来怎么进一步发展啊，笨蛋！"

"进一步发展？你想怎么进一步发展？"

"少废话！这都火烧眉毛了！"

"那好吧！"不逗逗你，枉费我的一片苦心。

"'那好吧'是什么意思？"真奈美凶巴巴地盯着丰川。不过，等丰川一说起穿衣打扮的事情，她的注意力马上就又转移到衣服的问题上去了。

看你那张红得发紫的小脸，总算有个谈恋爱的样子啦。

作 者 后 记

总算是成书了。

这个故事最初是承蒙日经新闻网丸之内分部的邀请，于二〇〇七年七月至十二月间在网上进行连载的。后来，我突然在某天回想起当时的情形，赶忙翻出邮件一看，原来从动笔到交稿只用了短短不到两个月时间，写得还真是比较顺手啊。原本打算把它命名为《新的一天》或者《办公室与工作》。重新按现在的章节又审读了一遍之后，也还是觉得全力以赴却不谙世故的新鲜社会人的故事更能引发读者的兴趣。前几个章节中的若干情节有些灰暗，还请读者们见谅，不过，自第二章以后，灰暗的情节就基本结束了（除了第二章后半部分若干处之外）。

开始动笔的时候，我将叙述的视角从《新的一天》转向以"成长"为主。当时还有读者反映："情节太灰暗了。"

不过，从我本人来说，作为一个毕业后从未被任何公司正式录取过、数年来一直不停地打零工或从事劳务派遣工作的"失败者"，从讲述逆境中的痛苦开始写，那是再顺手不过了。

这个故事中，不懂事阶段的诚治身上处处都有我的影子。只不过，好歹他还在正规企业入职过三个月，这一点比我强多了。既然要写"失败者"的故事，虽然拿自己作为样本确实容易勾起痛苦的回忆，但"失败者"就是"失败者"，这是无法回避的事实。写到高富帅的时候，我也希望回首往事时自己的过去"值得回忆"，但那似乎已是永远不可能的了。

试图掩盖自己的愚蠢和懒惰，比愚蠢和懒惰本身更糟，我是很久以后才明白这个道理的。对此，我也曾一度充满自责和悔恨，为什么自己没能早点醒悟？而这种心情，在书中全由诚治替我表达了。另一方面，千叶和丰川是我喜欢的类型，我甚至希望自己能成为他们那样的人，尤其是丰川。为此，我特地追加了一个单独的章节，将他作为一个旁观者的角色，从另一个角度来描述故事的发展。

本书是我与幻冬社合作出版的第二部作品了，担任责任编辑的仍是负责上一本书《阪急电车》的大岛公主殿下。该公主殿下在生活中一如既往地冒冒失失、状况不断，在工作中却十分精明干练。关于此种神奇生物，现在已有了专门的名称来描述：反差萌 ①。

连载开始后，承蒙大岛公主殿下每周都向我反馈她的种种感想，交完全部书稿后，她又异常兴奋，号称"我脑子里有无数种装帧设计方案在翻滚"，让我不禁也充满期待。

---

① 反差萌，萌属性的一种。常表现为身份与性格中完全不相干的要素的组合。比如小姑娘用老头子口气说话、美少女的举止像男生、优等生却行为不端、老奶奶扮小姑娘，等等。

相信我的文字一定会变成精美的图书送到读者手中，如果再能承蒙读者们喜爱，那就真是我的三生之幸了。

有川浩